KB105484

아무튼, 기타

아무튼, 기타

이기용

위고

차례

이런 상상을 해보는 것만으로도
기분이 좋아진다면

누구나 혼자 해결해야 하는 자신만의 작은 전쟁을 매일같이 치르고 있다. 음악이 없었다면, 그 속에서 나는 어떻게 살아왔을까. 가장 힘든 순간들을 나는 음악과 함께 버티며 넘어왔던 것이다. 아무에게도 이해받지 못한다고 느낄 때, 음악은 그저 듣는 것만으로도 서서히 나를 치유해주었다.

기타를 연주하는 것은 내가 가장 적극적으로 음악을 느끼는 방법이었다. 기타는 나의 음악이 처음 만들어지던 순간의 목격자이고, 음악으로 향하는 길고 먼 여행에서 언제나 나와 함께하며 온갖 순간들을 헤쳐 나온 동반자이다. 좋아하는 음악들을 기타로 연주하면서 느꼈던 희열과 온몸에 퍼져 나가던 기쁨을 나는 늘 기억하고 있다.

기타를 품에 안고 왼손으로 지판을 누르고 오른손으로 줄을 튕기면, 내 손에 진동이 전해져 오고 내가 있는 공간에 소리가 울려 퍼진다. 아름다운 소리가 공간을 채운다. 마술 같은 순간이다. 이런 상상을 해보는 것만으로도 기분이 좋아진다면, 당신도 기타와 친해질 날이 얼마 남지 않았을지 모른다. 기타가 내게 주었던 위안과 기쁨이 당신에게도 찾아갈지 모른다.

그는 후에 내 인생을 바꾼 한 사람이 된다

초등학교 2학년 어느 봄날, 나는 삼촌에게 쫓기고 있었다. 나는 집을 향해 맹렬히 달려가고 있었고 한 손에는 전날 아침 참고서를 사라고 엄마가 주신 오백 원짜리 지폐가 쥐어 있었다.

보통 저녁 늦은 시간에 일을 마치고 돌아오던 엄마는 아예 저녁상까지 차려놓고 일하러 가곤 했다. 나는 밥 먹는 것도 잊고 어두워져 공이 안 보일 때까지 공을 차고 놀다가 해가 지고 나서야 집에 들어오기 일쑤였다. 그날도 서점에서 참고서 사는 것을 까맣게 잊은 채 친구들과 해질녘까지 동네 여기저기를 쏘다니며 뛰어 놀았다. 그런데 엄마는 내게 아무런 말도 하지 않았다. 평상시라면 참고서를 보여달라거나 남은 돈을 달라고 했을 텐데 엄마도 잊었던지 다음 날 아침까지도 말이 없었다. 전날 입었던 점퍼를 그대로 입고 집을 나선 나는 등굣길에 주머니 속에 들어 있던 오백 원짜리 지폐가 손에 잡히고 나서야 상황을 파악했다.

엄마가 내게 돈을 준 사실을 잊었다고 생각하자 가슴이 콩닥콩닥 뛰기 시작했다. 나는 혼자 은밀한 계획을 세웠다. 얼마 전 엄마에게 사달라고 졸랐다가 혼만 나고 말았던 모터 달린 장난감 자동차를 살 수 있다는 생각이 떠오른 것이다. 엄마를 속여야 한다는 죄책감과 나도 이제 장난감 자동차를 가질 수 있다는 흥분으로 수업 내내 전혀 집중을 하지 못 했다. 그러나 학교 수업이 끝나고 문방구에 들어간 나는 장난감 자동차 앞에서 주머니 속의 지폐만 만 지작거리다가 그대로 문방구를 나왔다. 엄마를 속인 다는 죄책감에 차마 살 수가 없었다.

동네 여기저기를 하릴없이 돌아다니다가 어둑 해질 무렵 학교 근처 금붕어 가게 앞에서 유리창 안 의 금붕어를 한참 바라보았다. 수면을 향해 오르다 가 방향을 바꿔 내 쪽으로 다가오던 금붕어가 다시 방향을 틀어 어항 수풀 속으로 숨어들었다. 그 장면 을 멍하니 바라보는데, 느닷없이 친구 호중이에게 서 참고서를 빌려 내 것인 양 엄마에게 보여주면 되 겠다는 아이디어가 떠올랐다. 뒤로 잡아당겼다가 놓 으면 앞으로 쏜살같이 달려가는 그 장난감 자동차를 아무래도 포기할 수 없었다.

다시 문방구 앞으로 돌아와 잠깐 머뭇머리고 있는데 멀리서 "기용아!" 하고 부르는 소리가 들렸 다. 고개를 돌려 바라보니 내리막길 저 앞에서 삼촌 이 나를 향해 다가오고 있었다. 결국 삼촌에게 들킨 것이다. 삼촌은 내 주머니에 오백 원짜리 지폐가 들어 있다는 것도, 엄마가 참고서 사라고 준 돈을 빼돌려서 장난감을 사려고 했다는 것도 다 알고 있을 게 뻔했다. 나는 순간 무서워져서 가방을 메고 집을 향해 뛰었다. 이대로 잡히면 혼날 게 틀림없었다. 나는 삼촌보다 먼저 집에 들어가야 한다는 일념으로 무작정 달렸다. 아마도 오백 원짜리 지폐를 엄마 서랍에 넣어두고 나서 시치미만 떼면 아무 문제 없을 거라고 생각했던 것 같다.

　　내가 뛰니 삼촌도 뛰기 시작했다. 우리는 학교 뒤편 언덕에 있는 집을 향해 앞뒤로 달렸다. 나는 집을 향해 삼촌은 나를 향해.

　　삼촌이 내 뒤로 바짝 따라붙었다. 이제 모퉁이만 돌면 집인데… 큰일이었다. 곧 삼촌이 내 목덜미를 잡아채서 나를 추궁하며 혼내겠지. 그런 생각을 하며 모퉁이를 막 돌다가 나는 오백 원짜리 지폐를 주머니에서 꺼내 그대로 길가에 던져버렸다.

　　결국 우리 집 문 바로 앞에서 삼촌에게 잡히고 말았다. 헉헉대는 내게 역시 헉헉대며 삼촌이 말했다. "야, 너 왜 뛰니? 도대체 왜 대답도 없이 뛰어?" 나는 아무 말도 안 했다. 어차피 다 알고 있으면서 왜 묻는단 말인가. 문방구 앞에서 주머니 속 돈을 만지작거리면서 갈등한 것까지 숨어서 다 봤으면서 왜 모른 척 묻는단 말인가. 나는 그저 굳은 얼굴로 서 있었다. 그러자 삼촌은 몇 마디 툴툴거리더니 그대로 집 안으로 들어가버렸다. 버스에서 내려 집으로 가려던 삼촌은 조카가 문방구 앞에 서 있으니 그저 이름을 불렀을 뿐이고 조카가 냅다 달리기 시작하니 무슨 일인가 하고 뒤쫓아 따라 뛴 것뿐이었다.

삼촌이 집으로 들어가는 모습을 보니 퍼뜩 떠오르는 게 있었다. 내 돈, 아니 엄마 돈. 허겁지겁 돈을 내던진 골목으로 나가보았다. 골목 구석구석을 다 뒤져도 오백 원짜리 지폐는 보이지 않았다. 그사이 누군가가 가져간 게 틀림없었다. 나는 그야말로 망연자실했다. 어떻게 해도 내가 오백 원을 마련하기는 불가능했으므로 앞이 캄캄했다. 나의 어리석은 욕망이 초래한 이 상황이 끔찍했다.

그다음은 정확히 기억나지 않는다. 분명한 것은 삼촌이 내게 그 참고서를 구해줘서 엄마에게 꾸지람을 들을 일 없이 넘어갔다는 것이다. 바로 그 삼촌이 후에 내 인생을 바꾼 한 사람이 된다. 왜냐하면 내가 처음으로 본 기타가 바로 그 무렵 삼촌이 치던 기타였고 내게 처음으로 기타를 선물해준 이도 바로 그 삼촌이기 때문이다. 삼촌은 그렇게 나를 두 번 구한 셈이다.

성음 기타,
"요즘 힘들다면서… 기타를 조금씩 쳐봐"

내가 기타를 처음 본 것은 바로 이 무렵의 일로, 당시 용산의 한 고등학교를 다니던 삼촌이 한강대교를 사이에 두고 가까운 거리에 있던 우리 집에서 통학을 하며 머물던 때다. 엄마의 형제 육남매 중 막내인 외삼촌은 음악을 유달리 좋아했던 엄마의 남자 형제들 중에서도 가장 오랫동안 음악을 곁에 두고 살고 있다. 환갑이 가까운 나이가 된 지금까지도 기타를 치고 있기 때문이다.

지미 헨드릭스, 레드 제플린 같은 록 음악의 전설들을 듣고 자란 삼촌은 어릴 적부터 기타리스트가 꿈이었다. 삼촌은 초등학생인 나와 우리 형을 마치 관객인 양 앞에 앉혀놓고 자신이 연습한 기타 곡들을 들려주곤 했다. 나와 형은 양반다리를 하고 앉아 넋을 놓고 삼촌의 기타 연주를 보곤 했는데, 주로 벤처스부터 에릭 클랩튼 등 1960~70년대 록 음악 곡들이었다. 나는 기타의 줄과 줄 사이의 좁은 공간을 파고들어 쉴 새 없이 움직이는 왼손과 오른손의 우아한 움직임에 마음을 뺏겼다.

기타를 치는 삼촌의 표정이 어땠는가는 잘 기억이 나지 않는데 기타 줄 위를 움직이는 삼촌의 왼손과 오른손만은 또렷이 기억에 남아 있다. 그것은 내게 일종의 묘기였다. 그리고 그렇게 자주 삼촌의 기타 연주를 듣다 보니 어느덧 좋아하는 곡도 생겼다. 당시 내가 삼촌에게 자주 쳐달라고 요청했던 음악은 벤처스의 〈Pipeline〉이었다. 기타 음들이 마치 동물들이 바삐 걸어가는 모습을 연상시키는, 회화적 생동감이 넘치는 곡이다. 또 중간중간 나오는 글리산도 주법*은 곡의 긴박감을 더해 마치 내가 아프리카 밀림에 와 있는 듯한 기분을 느끼게 해주었다. 한마디로 삼촌의 기타 연주는 어린 나를 완전히 사로잡았다. 나중에 시간이 흘러 내가 당시 삼촌의 나이, 즉 고등학생이 되었을 때 가장 먼저 연습한 곡 중 하나도 바로 벤처스의 〈Pipeline〉이었다.

삼촌은 대학에 입학해서 그룹사운드를 만들어 활동하다가 군에 입대했다. 군 제대 후 대학을 졸업하고 나서는 보통의 삶을 사는 대신 그는 기타리스트로 살아가기를 택했다. 박남정 같은 가수들의 앨범 녹음에 기타리스트로 참여하기도 하면서 삼촌은 오랫동안 뮤지션으로서의 열정을 포기하지 않았다.

---

* 왼손을 줄에서 떼지 않고 위 또는 아래로 손가락을 계속 이동시키면서 연주하는 주법. 긴장감을 고조시켜준다.

유명 가수가 아니면서 기타를 계속 칠 수 있는 방법은 어떤 것이 있었을까. 결혼해서 아이도 낳았으니 돈이 필요했던 삼촌은 결국 야간 업소 밤무대에서 취객들을 상대로 그들 노래에 기타 반주를 하며 생계를 해결하게 됐다. 비루하고 쓰라린 일이었을 것이다. 술에 취해 기억도 못할 노래를 부르는 취객을 위해 오래도록 갈고닦은 기타 실력을 써버리는 것은 생각만 해도 가슴 아픈 일이다. 나중에 삼촌은 "거기서는 자존심이 있으면 안 돼. 취객들은 이유 없이 바나나 껍질을 얼굴에 던지기도 하고 욕설을 내뱉기도 해. 밤무대는 밤의 인간과 낮의 인간이 다르다는 것을 알려주는 곳이야"라고 무표정하게 얘기하곤 했다.

내가 고등학생이 되어 삼촌 집에 놀러갔을 때에도 그는 조지 벤슨 같은 재즈 기타리스트의 악보집을 놓고 연습을 하고 있었다. 밤무대에서 취객들의 기타 반주자로 일하고 있지만 기타 연주자로 남고 싶은 욕심은 결코 사라지지 않았던 것이다. 밤새 일하고 피곤한 얼굴로 나를 맞이하는 삼촌과 방바닥에 펼쳐져 있는 조지 벤슨의 악보집을 번갈아 보며 나는 실제 삶에서 기타리스트로 살아가는 것이 무엇인지에 대해 어렴풋이 짐작하게 되었다.

나중에 내가 밴드를 만들어 음반을 내고 공연을 하게 되었을 때 삼촌은 종종 공연장에 찾아와 따뜻하게 격려해주었다. 내게 기타 연주를 처음 들려준 것도 삼촌이고 음반을 처음 들려준 것도 삼촌이다. 그러나 내 인생에서 가장 커다란 사건은 삼촌이 내게 기타를 선물해주면서 벌어졌다.

"기타를 조금씩 쳐봐"

　　사춘기를 혹독하게 겪던 열일곱의 나는 밤에 잠을 못 자고 거의 뜬눈으로 지새우다가 동틀 무렵 겨우 두 시간쯤 자고 멍한 상태로 학교에 가서 수업을 듣는 둥 마는 둥 하는 생활을 매일같이 반복하고 있었다. 특히 괴로웠던 것은 저녁에 해가 지기 시작하면 숨 쉬는 것이 힘들어지는 점이었다. 하지만 신기하게도 해가 뜨고 나면 또 숨 쉬는 게 편해졌는데, 그 상태가 중학교부터 고등학교 때까지 계속됐으니 정상적인 학교생활은 거의 할 수 없는 지경이었다.

　　"요즘 힘들다면서… 기타를 조금씩 쳐봐. 도움이 될 거야." 어느 날 삼촌이 집에 찾아왔는데 그의 오른손에 통기타가 들려 있었다. 짙은 갈색의 비닐 케이스에 담긴 성음 기타였다. 그렇게 난생처음으로 기타를 엉거주춤 잡아보았다.

그날 내가 깨달은 것은 기타를 치기 위해서는 기타를 몸으로 안아야 한다는 것이었다. 두께가 약 10센티미터에 헤드부터 바디 끝까지의 길이가 1미터가 넘는 기타를 치기 위해서는 기타의 바디 부분을 가슴에 밀착시키고 양팔을 벌려 기타를 안아야 했다. 병원과 학교를 오가며 힘들어하던 내게 기타를 안았을 때 물리적으로 느꼈던 안도감과 포근함은 분명히 위로가 됐다. 거기에 더해 나도 언젠가는 어릴 적 삼촌이 내게 들려주었던 소리를 낼 수 있을지 모른다는 희망도 생겼다. 기타를 치는 시간이 늘어나면서 나는 차츰 마음의 안정을 되찾게 되었다. 밤마다 나를 괴롭히던 호흡도 조금씩 진정되어갔다. 정신적으로 괴로운 나날을 보내던 내게 삼촌이 건넨 어쿠스틱 기타는 거의 유일한 안식이었던 것이다.

그때부터 나는 혼자서 뚱땅거리면서 기타를 독학으로 익혔다. 오백 원에 팔던 삼호출판사의 『포켓 가요』라는 이름의 손바닥만 한 크기의 노래집을 들여다보며 기타 코드들을 하나하나 익혀나갔다.

"기타는 나와는 잘 안 맞는 것 같아"

사실 기타로 소리를 내는 것이 처음엔 쉽지 않다. 왼손으로 기타 줄을 힘주어 꾹 누른 채 오른손으로 그 줄을 튕겨야 겨우 소리가 난다. 피아노나 리코더 같은 악기들처럼 치거나 불면 바로 소리가 나는 것이 아니니 처음이 어렵다. 기타를 칠 때 왼손의 엄지손가락은 주로 나머지 손가락이 움직일 수 있게 지탱해주는 역할을 하고 엄지를 제외한 네 손가락으로 기타 줄을 짚는다. 그런데 이게 생각처럼 쉽지가 않다. 제대로 지판을 짚었다고 생각하지만 꼭 어느 한 손가락은 힘이 제대로 들어가질 않아서 틱 하고 막힌 소리가 나는 것이다. 처음에는 이것이 무척 어렵게 느껴지지만 익숙해지면 거의 의식하지 못하는 상태로 지판을 눌러도 깨끗한 소리를 낼 수 있다. 물론 그 사이에 엄지를 제외한 네 개의 손가락 끝에 모두 물집이 잡히는 과정을 거쳐야 한다. 기타를 처음 접하는 사람들이 가장 힘들어하는 부분이 이 지점이다. 모두가 기타를 잡고 왼손을 지판에 올리고 오른손으로 줄을 튕겨주면 소리가 난다, 그리고 나는 눈을 지그시 감고 연주에 몰입한다, 라는 상상을 하지만 현실은 한 음이라도 쨍 하고 제대로 소리를 내려면 몇 번이고 손가락에 물집이 잡히는 경험을 이겨내야 한다.

여기에서 많은 사람들이 기타는 나와는 잘 안 맞는 것 같아, 라며 기타를 포기하고 만다. 그렇게 고민 끝에 어렵게 산 기타는 얼마 못 가서 케이스 안으로 다시 들어가 결국 집 안의 가장 외진 구석이나 장롱 위로 올라간다. 상상한 대로 드르륵 줄을 튕기기만 해도 아름다운 소리가 나면 좋으련만 손가락에 물집이 잡히고 굳은살이 박이도록 연습하지 않으면 소리를 내는 것조차 쉽지 않다는 사실을 깨닫고는 씁쓸히 물러나는 것이다.

그러나 이 단계만 인내하면 개방 코드 몇 개만으로도 끝까지 연주할 수 있는 곡들을 만나게 된다. 찾아보면 의외로 많은 곡들이 몇 개의 단순한 코드의 반복으로 이루어져 있다. 단 네 개의 코드만 익혀놓으면 노래를 부르면서 기타로 한 곡을 처음부터 끝까지 치는 경험을 할 수 있다. 이 경험은 무척 중요해서, 어쩌면 모든 기타리스트들은 곡 하나를 처음부터 끝까지 연주해봤다는 최초의 성취감으로 오늘날에 이르고 있는지도 모른다. 그것을 경험한 바로 그 순간이 기타리스트로서의 삶이 무한히 확장되는 최초의 순간이기도 하다. 다른 어려운 곡들을 만날 때마다 늘 괴롭지만 그럴 때마다 돌아가서 기댈 수 있는 노래가 있기에 다음 곡으로 나아갈 수 있다. 적어도 마지막까지 좌절하지는 않을 수 있는 것이다. 사실 기타 실력이 느는 순간은 새로운 곡을 연주해냈을 때가 아니라 전에 쳐봤던 노래를 자주 쳐서 그것이 내 몸에 완전히 익게 됐을 때이다. 그리고 바로 그런 것들이 몸에 쌓이면서 자기만의 스타일을 이루게 된다.

왼손은 코드를 오른손은 스트럼을

기타를 치면서 차츰 마음의 안정을 얻기 시작했던 고등학교 1학년, 아직 기타를 친 지 얼마 되지 않았던 나는 코드의 변형들을 이것저것 조금씩 알아가던 중이었다. 수많은 코드 중에서 나는 단박에 D코드에 매료되었다.

긍정의 D코드

D코드는 맨 처음에 배우게 되는 기본 코드, 즉 개방형 코드 중의 하나이다. 맨 아래 제일 고음을 내는 1번 줄부터 시작해서 손가락을 삼각형 모양으로 잡아 소리를 내면 정말 맑고 깨끗한 소리가 난다. 마치 〈반지의 제왕〉에서 아직 평화로운 시기의 샤이어의 아침과도 같은 소리이다. 이제 막 해가 떠올라 호빗들이 녹색 들판에 하나둘 모습을 드러낼 때의 평화로움이 느껴지는 소리. 아직 근심과 슬픔을 모르는 아이들의 세계와도 같은 소리. 바로 D코드가 내는 소리이다. 기타 코드를 통틀어서 가장 잡기 쉬운 코드 중의 하나이면서도 가장 영롱하고 깨끗하고 맑고 밝은 소리를 내는 코드. 가히 코드계의 긍정의 여왕이라 할 만하다. 아무튼, D!

좌절의 F코드

막힘없이 칠 수 있는 코드들이 하나둘 늘어날 때쯤 만나게 되는 첫 번째 관문이 바로 F코드이다. F코드는 초보자가 만나는 첫 번째 하이코드*이다. 수 많은 사람들이 이 F코드를 넘지 못하고 기타를 그만두는 이유는 왼손 검지로 1번부터 6번까지의 모든 줄을 커버해야 하기 때문이다. 그래서 오픈 코드를 무사히 통과한 사람들이 여기에서 좌절한다.

그러나 방법이 없지 않다. 하이코드라고는 하지만 검지로 전체 줄을 커버하지 않고도 필요에 따라 1번 줄만 잡고서 치는 약식 코드가 있기 때문이다. 약식 코드로 하면 5, 6번 줄의 묵직한 저음을 낼 수 없다는 아쉬움은 있지만 곡을 진행시키는 데 문제는 없다. 저음 줄을 뺀 나머지 네 줄로도 코드의 구성음들을 다 낼 수 있기 때문이다. 풀 코드를 못 잡더라도 이 과정을 어떻게든 넘어가는 게 중요하다. 기타를 치다 보면 어느새 자신에게 편한 방식으로 하이코드를 잡는 법을 만들어가게 된다. 우리가 중학

---

* 왼손의 검지를 마치 막대기처럼 세워서 1번부터 6번까지의 줄을 한 번에 잡은 후 나머지 손가락으로 각기 다른 음들을 짚어서 소리를 내는 형식의 코드.

교에서 고등학교로 올라갈 때 모든 것을 다 알아야만 진학할 수 있는 것은 아닌 것과 같다고 할까.

마지막 관문 B^b코드

B^b코드에 대해 말하려고 하니 어릴 적 친구 한 명이 떠오른다. 앞의 모든 과정을 다 통과하고도 B^b코드에서 막혀 기타에서 하산한 비운의 친구. F코드까지 통과한 사람들 중에서 또 많은 사람들이 이 앞에서 떨어져 나가는 이유는 B^b코드가 F코드와 같은 하이코드이면서 여기에 더해 나머지 세 손가락이 2번 프렛을 건너뛰어 모두 3번 프렛 안에 위치해야 하기 때문이다. 검지와 중지 사이가 찢어질 것 같은 아픔을 느끼게 되는 것이다.

그러나 이 B^b코드도 F코드와 똑같은 해결 방법이 있으니 검지로 1번 줄 하나만 소리를 내면 별 어려움 없이 코드의 구성 음을 약식으로 낼 수 있다. 게다가 B^b코드는 검지를 1번 프렛에 위치시키고 중지와 새끼손가락은 사용하지 않고 약지로만 3번 프렛의 2, 3, 4번 줄을 잡는 쉬운 방법도 있다. 사실 이 방법을 훨씬 많이 쓰는데 이렇게 하면 손가락이 째질 것 같은 아픔 없이도 편하게 B^b코드를 잡을 수 있다. 주위에 이것을 얘기해주는 사람이 있었다면 보다 많은 사람들이 기타를 더 오래 더 가까이에 두고 지냈을 것이다. 이 두 코드만 넘어갈 수 있으면 이제 어려운 코드는 거의 없다고 봐도 되기 때문이다.

기타는 왼손이 어디를 누르느냐에 따라 음이 결정되기 때문에 사실상 기타 소리의 아름다움은 왼손으로부터 나온다. 따라서 코드를 정확히 깔끔하게 잡는 것이 중요하다. 하지만 기타에서 코드는 마치 수학에서의 구구단과 같아서 초기에 반복적으로 익혀두기만 하면 이후에는 별 노력을 하지 않아도 거의 자동으로 잡을 수 있게 된다.

좋은 곡은 어떻게 해도 그 좋음이 사라지지 않는다

한국 음악 시장은 1980년대 중후반을 지나면서 영미권의 팝 음악을 대신해서 국내 가요가 음악 시장의 주류를 차지했다. 자국의 음악이 영미 팝 음악보다 시장에서 압도적인 우위를 점하는, 세계적으로도 흔치 않은 경우였다. 그전까지만 해도 FM라디오의 경우 해외 팝 음악들을 소개하는 프로그램의 수가 상당히 많았다. 〈두 시의 데이트〉의 김기덕과 〈팝스 다이얼〉의 김광환, 박원웅, 성시완, 서세원 등 각 방송국 주요 시간대의 유명 디제이들은 매일 당대 영미 차트에서 유행하던 팝 음악들을 틀어줬다. 그래서 당시 음악을 좋아하던 청소년들은 지금의 십대들이 아이돌 음악을 듣듯이 팝 음악을 들었다.

80년대에 십대 시절을 보낸 사람들은 거의 대부분 더블 데크로 FM라디오의 팝 음악 프로그램을 듣다가 좋아하는 노래가 나오면 카세트테이프에 녹음을 한 추억이 있을 것이다. 좋아하는 노래의 앞부분이 디제이의 멘트와 맞물려 녹음되는 것을 싫어했던 당시 젊은이들은 곡 소개를 다 마치고 잠시 포즈를 두어 사람들이 온전히 음악만 따로 녹음할 수 있게 배려해주는 모 디제이를 높이 평가하곤 했다.

그렇게 녹음한 테이프를 늘어질 때까지 들으며 동시대의 최신 팝 음악을 체화한 것이 내게는 음악 수업의 중요한 순간들이었다. 말하자면 내 음악의 원형이랄까. 한때 록 음악 애호가 혹은 뮤지션들 사이에서 팝 음악 중심의 80년대를 록의 침체기이자 음악의 암흑기로 평가절하하는 분위기가 있었다. 그러나 나는 생각이 다르다. 80년대에 나왔던 음악들은 신시사이저나 샘플링 등 전자악기의 전면적인 사용으로 전에 없던 새로운 팝의 형태를 제시하면서 현재까지 이어지고 있는 일렉트로닉과 힙합에 영향을 끼친 중요한 시기였다고 생각한다.

한편 당시의 분위기에 따라 자연스레 팝 음악과 더불어 가요도 자주 들었다. 80년대 중후반에서 90년대 초반에 발표된 많은 노래들—동아기획의 음반들, 이문세, 유재하, 들국화, 장필순, 김현식, 조덕배, 초기 송골매, 봄여름가을겨울, 초기 신해철, 김광석 등의 음악들—은 그 자체로 훌륭한 포크 음악, 즉 기타와 보컬만으로도 충분히 좋은 음악들이었다. 모든 음악적인 치장을 걷어냈을 때 가장 마지막에 남는 것이 멜로디와 코드인데, 이것이 가장 잘 드러나는 음악이 바로 포크 음악이다. 통기타 하나와 목소리 하나만으로 이루어진 음악. 악기 하나와 목소리 하나만으로도 좋은 곡은 두 번 생각할 것도 없이 좋은 곡이다. 좋은 곡이 반드시 통기타와 목소리로 이루어지는 것은 아니지만, 통기타와 목소리만으로 이루어진 좋은 곡은 어떻게 해도 그 좋음이 잘 사라지지 않는다.

친구들과 어울려 시간을 보낼 때 나는 주로 기타를 치고 친구들은 노래를 불렀는데, 친구들이 자신의 감정에 흠뻑 빠져 노래 부르는 모습을 보기를 좋아했다. 그래서 그들이 최대한 감정에 집중해 노래를 부를 수 있게 세심한 연주를 하려고 노력했다 (다른 악기들이 없기 때문에 작은 실수 하나도 바로 티가 났다).

스트럼의 맛

마이크와 앰프 없이 그저 목소리와 기타 하나로만 이루어진 연주를 연습하다 보면 자연스레 왼손과 오른손의 호흡과 강약 조절로만 노래를 다루는 법을 익히게 된다. 나의 기타 스트럼*과 아르페지오의 기본은 사실상 친구들이 부르는 노래의 기타 반주를 하던 이때 거의 만들어졌다.

스트럼의 기본은 피크가 기타 줄에 닿을 때 때로는 단번에 모든 줄을 치고 때로는 부드럽게 필요한 줄들을 쓰다듬듯 칠 수 있는 능력이다. 크게 4박자의 고고와 3박자인 왈츠, 그리고 긴 음과 짧은 음의 결합으로 바운스 느낌이 나는 셔플, 이 세 가지를 익히면 된다. 대부분의 곡이 이 세 가지 스트럼의 변형이라고 볼 수 있기 때문이다. 백 퍼센트 똑같이 치지 않아도 괜찮다는 마음으로 흥미가 느껴지는 쉬운 곡으로 연습 곡들을 정하고 일단 도전해보는 것이 중요하다. 여러 곡을 연습하다 보면 처음에는 어려

---

* 보통 '스트로크'라고 부르는데 '스트럼'이 더 정확한
표현이다.

웠던 부분들이 어느 순간 자연스럽게 해결되어 있기도 하기 때문이다.

스트럼 소리를 매력적으로 들리게 하기 위해서는 뮤트 혹은 커팅 주법*을 잘 사용해야 하는데 이것은 마치 운전의 액셀과 브레이크와 같다. 원하는 목적지에 도착하려면 가는 것과 멈추는 것을 적절히 잘 섞어서 해야 하는 것처럼 말이다. 좋은 대화를 위해서 말하기와 듣기를 적절히 섞어야 하는 것과도 같은 이치라고 할 수 있겠다.

기본 4박자 주법과 3박자 주법 그리고 셔플 정도만 배워두면 바로 실전으로 넘어갈 수 있다. 아마 처음에는 다음 코드로 넘어갈 때 왼손이 어디를 짚어야 할지 몰라서 자꾸만 멈추게 될 것이다. 이 문제는 네 개 안팎의 코드가 반복되는 곡들이 많으니 취향에 맞는 곡을 골라 반복적으로 치다 보면 저절로 해결된다. 사실 스트럼에서 중요한 것은 코드를 잡는 손이 아니라 스트럼을 하는 손이다. 이 손이 얼마나 자연스럽게 스트럼의 맛을 살려주느냐가 관건이

---

* 뮤트는 왼손으로 줄을 살짝 눌러 소리를 죽이는 주법이고, 커팅은 스트럼 직후 오른손 손바닥 끝쪽으로 줄을 때리듯이 짚어서 소리를 끊는 주법이다.

다. 처음에는 코드를 연결하는 것이 어렵게 느껴지겠지만 사실은 스트럼 하는 손의 유연함이 훨씬 더 중요하다. 오른손잡이의 경우 왼손으로 코드를 잡고 오른손으로 스트럼을 하므로 오른손이 중요하다. 오른손이 박자를 잘 타고 가는지 주의를 기울이면 더 좋은 스트럼을 할 수 있게 될 것이다.

콜트,
이야기의 시작

내 첫 번째 일렉트릭 기타는 스무 살 봄에 초등학교 친구가 선물해준 콜트 기타였다. 당시 대학 입학을 며칠 앞두고 교통사고를 당했다. 병원에 입원해 두 차례의 수술을 했고 사고 후유증으로 다시는 전처럼 걷기 힘들어진 상황이었다. 그런 내 사고 소식을 접한 초등학교 친구가 나를 위로해주기 위해 한 달간 피자집에서 일하고 받은 월급으로 일렉트릭 기타를 샀던 것이다. 깁슨의 유명 모델인 레스폴을 카피한 기타였다. 나는 병원 침대에 걸터앉아 조용조용하게 기타를 만져보았다. 통기타만 치다가 처음으로 일렉트릭 기타를 연주해본 나는 우선 너무나 작은 소리에 놀랐다.

일렉트릭 기타와 어쿠스틱 기타는 비슷한 듯 상당히 다르다. 일단 소리를 내는 방식부터 다른데 어쿠스틱 기타는 바디의 울림통을 이용해 소리를 내는 반면 일렉트릭 기타는 픽업*을 통해 소리를 모아 앰프에서 그 소리를 증폭시켜주는 방식이다. 기타 줄의 장력의 차이도 연주 방법에 영향을 미친다. 어쿠스틱 기타가 일렉트릭 기타에 비해 장력이 더 커

---

*   현의 진동을 전기 신호로 바꿔서 앰프에 전달해주는 장치.

서 줄을 밀어 올리는 데 더 많은 힘이 필요하지만 일렉트릭 기타는 적은 힘으로도 손쉽게 벤딩 주법*을 구사할 수 있다. 그리고 무게도 차이가 난다. 통기타가 일렉트릭 기타보다 더 크니 무게가 더 나갈 것 같지만 오히려 바디가 텅 비어 있어 가볍다. 반면 일렉트릭 기타는 울림통 없이 바디가 꽉 차 있어 무게가 더 나간다. 또 울림통이 없는 형태라 앰프를 연결하지 않은 상태에서는 소리가 무척 작다.

여섯 명의 환자가 함께 있는 병실에서 소리가 작은 것은 오히려 장점이어서 나는 병실에서도 가끔 기타를 칠 수 있었다. 오전 회진이 끝나고 환자들이 자리를 비우는 시간이 되면 기타를 꺼내 연주하면서 시간을 보냈다. 일렉트릭 기타가 생기자 나는 점점 더 기타와 록 음악에 빠져들었다. 당시 병실에서 내 답답한 심정을 해소할 수 있는 길은 록 음악을 들으며 기타를 치는 것 외에는 없었기 때문이다.

기타를 치지 않을 때엔 출입구 바로 옆 내 침대 쪽 벽에 세워두었는데 침대에 기대어 앉아 기타를 그저 바라보고만 있어도 좋았다. 일렉트릭 기타

* 음을 연주한 후 줄을 위아래로 밀어주는 주법.

는 그 자체로 너무나 아름다웠다. 일렉트릭 기타를 갖게 되면서 나는 확실히 더 빨리 뮤지션의 세계로 들어갈 수 있기를 꿈꾸게 되었다. 처음에는 그저 기타를 칠 수만 있으면 좋겠다고 생각했고 그다음엔 밴드를 만들 수 있으면 좋겠다고 생각했고 그다음엔 음악이 내 직업이면 좋겠다고 생각하기에 이르렀다. 병실에서 내가 매일 상상한 것은 무대 위에서 기타를 치고 있는 나의 모습이었다. 나는 진심으로 무대 구석 끝이라도 좋으니 기타를 연주할 수 있는 뮤지션이기를 바랐다.

나는 지금도 일렉트릭 기타를 만지고 있으면 항상 이 일렉트릭 기타라는 것이 내게 더 많은 에너지를 요구한다는 느낌을 받는다. 그래서 일렉트릭 기타를 어깨에 메고 연주를 할 때면 늘 긴장이 된다. 어쿠스틱 기타가 소박한 행복을 일깨워준다면 일렉트릭 기타는 내게 어딘가 밤의 도시에서 펼쳐지는 인간의 욕망과 좌절을 떠올리게 한다. 일렉트릭 기타는 확실히 밤의 어둠 속에서 빛을 발하는 악기이다.

콜트콜텍 해고 노동자들

내 첫 번째 일렉트릭 기타를 만든 국내의 대표적인 기타 회사인 콜트 기타에서 노동자들이 전원

해고되었다는 소식을 2008년 후반 즈음 뒤늦게 들었다. 그리고 그해 12월부터 노동자들의 복직을 기원하는 〈콜트콜텍 기타를 만드는 노동자와 함께하는 수요 문화제〉가 매월 홍대 앞 클럽 '빵'에서 열리기 시작했다.

어느 날 〈수요 문화제〉에 허클베리핀도 참석했는데 그날 무대에는 콜트콜텍 노동자들로 구성된 밴드가 출연했다. 이름하여 '콜밴'. '콜트콜텍 기타 노동자 밴드'를 줄여서 만든 이름으로, 그들은 이제 기타를 만들기만 하던 손으로 무대에서 기타를 연주하고 노래도 하고 있었다. 기타를 연주하는 그들의 투박한 손에 눈길이 갔다. 평생 기타를 만들기만 했지 직접 연주해보지는 못했을 터였다. 긴장으로 떨리는 그 손가락에서 아주 오래전 신촌 우드스톡 앞에서 처음으로 기타를 연주하던 날이 떠올랐다(너무 긴장하고 떨린 나머지 다리에 힘이 풀려 서 있을 수도 없었고, 결국 연주하다 말고 자리에 주저앉아버리기까지 했던 것이다). 콜밴의 연주자들은 무척 진지한 모습으로 조심스레 연주했지만 어쩔 수 없이 박자도 음정도 서툴었다. 그러나 나는 떨리는 그 손끝에서 그들이 지금 큰 용기를 내어 사람들 앞에서 연주하고 있음을 알 수 있었다. 아침부터 저녁까지 기타를 만드는 노동자가 자신이 만든 악기를 연주하는 뮤지션이 되어 사람들의 관심을 호소할 때 그것은 얼마나 진실한 마음일까. 나는 그날부터 그들을 마음으로부터 응원하게 되었다.

그 후로도 시간은 더 흘렀지만 콜트콜텍을 둘러싼 문제는 해결되지 못했고 어느덧 10년이 흘러 2018년이 되어 있었다. 그해 가을에 있었던 〈수요문화제〉에서 어느 뮤지션이 했던 말이 기억난다. 언젠가 콜트콜텍 해고 노동자를 위한 공연 무대에 오르게 되었을 때 그는 자신이 늘 써오던 콜트 기타를 가져오기가 상당히 망설여졌다고 했다. 자신이 그 기타를 가지고 무대에 올랐을 때 노동자들이 그 기타를 보고 그동안의 상처를 떠올리는 것은 아닐까 걱정했다고. 그러나 그래도 자신이 늘 쓰던 콜트 기타를 가지고 무대에 오르길 선택했는데 그것을 본 콜트콜텍 노동자들이 무척 기뻐했다고 했다. 오랜 시간 회사와 갈등을 겪는 것과는 별개로 평생 자신들의 귀중한 시간을 바쳐 만든 기타를 무대에서 보는 것은 그것과는 아무 상관 없는 순수한 반가움이자 기쁨이지 않았을까.

**노동자가 없으면 음악이 없고,
음악이 없으면 삶도 없다**

다시 해가 바뀌어 2019년이 되었고, 내가 세브란스 병원에서 콜트 기타를 처음 만난 그 봄날에서 거의 30년이 흘렀을 무렵 '플랫폼창동61'이라는 공연장에서 콜트콜텍 노동자를 위한 공연이 열렸다. 무려 13년째 계속되고 있는 기타 노동자들의 투쟁이었다. 객석에는 콜밴 멤버들도 보였다. 모두 오십대를 넘겨 희끗해진 머리와 주름진 얼굴을 한 그들이 누군가의 아버지로서, 남편으로서 그 긴 세월 동안 가족에게는 또 얼마나 미안한 마음이 들었을까 생각했다. 길고 고단한 분쟁 과정에서 다치고 상처 입은 마음이 콜밴에서 기타를 연주하면서 얼마나 다스려질 수 있었을까 궁금했다. 그 무게가 얼마나 컸을지 짐작이 가면서도 나는 기타가 그들에게 작은 위로가 되었기를 바랐다. 나의 경우처럼 틀림없이 기타가 위로가 되었을 거라고 믿고 싶었다.

광화문 세종로에서 천막을 세우고 투쟁한 지 13년, 어느새 가장 연장자는 이제 회사에 복직을 하더라도 정년퇴임을 해야만 하는 나이가 되어 복직 자체가 불가능해져 있었다. 그래서 마지막으로 회사에 대화를 통한 해결을 촉구하는 공연이 그날 창동에서 열린 것이었다. 이틀 동안 열리는 공연에 허클베리핀도 함께했다. 우리는 무대에서 많은 뮤지션들과 음악을 사랑하는 사람들이 콜트콜텍 기타 노동자들을 지지한다는 것을 알았으면 좋겠다고 말했다. 그리고 관객들에게 동의한다면 기타 노동자들에게 박수로 공감과 지지의 뜻을 표시해주기를 제안했다. 관객들은 커다란 박수와 함성을 보내주었다. 무대 뒤편에서 13년의 세월만큼의 굵은 주름과 흰머리로 덮인 사내들이 환하게 웃으며 감사를 표했다.

공연이 끝나고 얼마 지나지 않아 연습실에서 연습을 하던 어느 날 밤, 스카밴드 킹스턴 루디스카의 리더 최철욱에게서 전화가 왔다. "형, 정말 기쁜 소식을 알려드릴게요. 콜트 문제가 노사 합의로 원만히 해결이 됐답니다." 나는 연습 도중에 그 소식을 멤버들에게 전해줬고 이야기를 듣자마자 다들 연주를 중단하고 박수를 치며 기뻐했다. 그리고 몇 분 지나지 않아서 콜밴의 멤버로부터 함께해준 뮤지션들에게 깊이 감사드린다는 문자가 왔다. 회사와 노동자 양측의 양보와 타협으로 13년간의 싸움을 마무리 짓는 날이 왔다고. 콜밴 멤버들은 그 기쁜 날에 함께해온 뮤지션들에게 고마움을 표하는 것을 잊지 않았다.

내가 콜트콜텍 노동자들에게 더 깊이 공감할 수 있었던 것은 그들이 각자의 악기를 들고서 아직은 어색한 손놀림과 수줍어하는 표정으로 최선을 다해 연주하는 모습을 보았기 때문일 것이다. 처음으로 기타를 들고 하나의 곡을 연습해 무대에 오르는 그 과정을 나 역시 겪었기 때문에 그들의 심정에 더욱더 공감한 것이리라. 기타를 비롯해 여러 악기를 다루는 그들의 조심스러운 모습을 보면서 나는 기타에 대해서 다시 한 번 생각하게 되었다. 고된 삶, 그러나 음악을 만들고 연주하는 그 순간만은 어쨌든 행복하고 황홀할 수 있다는 것. 내 첫 번째 일렉트릭 기타인 콜트 기타의 긴 이야기가 나름 나쁘지 않게 마무리된 것 같아 기뻤다.

깁슨 레스폴,
내가 속해 있고 싶었던 세계

홍대 지역이 뜨기 시작한 1990년대 중반 이전까지 서울의 신촌은 강북에서 문화의 중심지였다. 그리고 90년대 초 신촌에 생긴 우드스톡은 당시의 음악 마니아들이 가장 즐겨 찾는 펍이었다. 1969년에 미국에서 열렸던 지상 최대의 음악 페스티벌에서 그 이름을 따온 우드스톡은 1960~90년대 록 음악 황금기의 곡들을 주로 틀어주었다. 이곳은 곧 음악을 좋아하는 젊은이들의 아지트가 되었는데, 당시 이곳을 자주 드나들던 젊은 음악 마니아들은 몇 년 지나지 않아 1990~2000년대에 걸쳐 소위 인디음악 신의 구성원이 되어갔다. 나도 그중의 하나였다.

우드스톡을 비롯해 도어스, 카이사르, 레드제플린, 놀이하는 사람들 등이 당시 신촌에서 엘피로 음악을 틀던 음악 감상실 겸 펍이었다. 저녁이면 이 신촌의 록카페들은 당대의 뮤지션 지망생들이나 음악 마니아들의 낙원이 되었다. 저녁 다섯 시경에 문을 열어 새벽 두세 시가 돼야 영업이 끝났는데 음악을 얼마나 크게 틀었던지 바로 앞에 있는 사람하고도 소리를 지르듯 얘기해야 겨우 의사소통이 가능할 정도였다. 그러나 그렇게 많은 음반들을 그렇게 크게 들을 수 있는 곳은 거기밖에 없었기에 나를 비롯한 많은 청춘들이 그곳을 자주 드나들었다. 지금처럼 한 달에 만 원도 안 되는 돈으로 핸드폰에서 수많은 곡들을 바로 듣는 것은 상상할 수도 없었다. 오직 시디와 엘피 그리고 테이프만으로 음악을 들을 수 있었던 때였기에 음악을 들으려면 당연하게도 음반을 사거나 음반이 많은 사람에게 빌려서 들어야 했다. 음악을 듣는 것이 참 귀했고 비슷한 음악을 좋아하는 사람들이 같은 공간에 모여 있다는 것 자체가 즐거움인 그런 시절이었다.

카피 밴드, 조쿨

나는 우드스톡에서 만난 비슷한 또래의 사람들과 첫 밴드를 만들었다. 그중의 두 명은 우드스톡에서 서빙을 하던 아르바이트생이었다. 음악을 좋아하면 누구나 뮤지션을 동경하고 누구나 밴드를 만들고 싶어 하던 시절이었다. 나의 첫 번째 밴드 조쿨은 당시 새롭게 부상하고 있던 얼터너티브록 음악들을 주로 카피했다. 자작곡은 아직 없었고 너바나, 섹스 피스톨즈, 그린 데이, 위저, 비틀즈, 레니 크라비츠 등의 음악들을 닥치는 대로 연주했다.

음악이 어떻게 이루어지는지, 그리고 그 구성 요소들이 뭐가 있는지, 각 파트별로 어떤 역할을 하는지 등 음악 전반에 관한 이해를 높이는 가장 확실한 방법은 그 음악을 직접 연주해보는 것이라고 생각한다. 그냥 음악을 들으면서 분석하고 이해하는 것과 직접 하나의 곡을 연주해보는 것은 생각보다 큰 차이가 있다. 들을 때는 몰랐던 곡의 커다란 구조부터 아주 섬세한 음의 배치까지를 카피를 하면서 몸으로 이해하게 되는 것이다.

음악은 기본적으로 시간을 따라 음의 배치와 곡의 구조가 변하면서 온갖 드라마가 만들어지는 시간 예술이다. 음악가들은 몇 분 안의 시간에 여러 예술적 장치들을 빚어 넣어 수없이 반복해도 한결같이 아름다운 곡을 만들고 싶어 한다. '좋은 곡', '훌륭한 곡'이라고 말할 수 있는 곡들은 얼핏 단순하게 보여도 아주 정교하게 다듬어진 것들이다. 카피 밴드 시절, 여러 곡들을 닥치는 대로 연주하면서 음악의 내면을 들여다볼 기회를 갖게 된 것, 좋은 곡들의 내면이 어떤 구조로 이루어져 있는지 조금이나마 알게 된 것이 그 시절이 내게 준 가장 큰 선물이었다.

내게 필요한 소리를 찾아서

우리의 연습 장소는 우드스톡으로 정해졌다. 멤버 두 명이 일하고 있던 우드스톡의 사장님이 영업 시작 전 오후 시간에 밴드 연습을 할 수 있도록 배려

해주신 것이었다. 오후에 창고에서 악기와 앰프 등을 꺼내 연습을 하다가 영업시간이 다 되어가면 다시 악기와 앰프들을 창고에 옮기는 식으로 연습을 하기로 했다.

드디어 꿈에 그리던 록 밴드의 기타리스트가 된 나는 공연도 하고 녹음도 할 수 있는 기타를 구하기로 했다. 연습 날이 얼마 남지 않자 나는 그동안 모은 돈 120만 원을 들고 낙원상가로 갔다.

뮤지션들에게 낙원상가는 말 그대로 파라다이스였다. 종로 허리우드 극장이 있는 건물 2, 3층에 기타, 베이스, 드럼, 건반, 스피커, 앰프 및 각종 음향기기 등을 파는 가게들이 빼곡히 들어차 있었는데 이제 막 악기에 관심을 갖기 시작한 중학생부터 프로 뮤지션들 그리고 밤무대에서 일하는 연주인까지 음악을 하는 사람들이라면 이곳에 안 가 본 사람이 없을 정도였다. 온라인 거래가 활성화되기 전까지 거의 모든 뮤지션들이 이곳 낙원상가에서 산 악기로 자신의 음악 생활을 시작했다고 해도 틀린 말이 아닐 것이다.

일단 낙원상가 2층으로 올라가 기타 숍으로 들어갔다. 3~4평 정도 되는 작은 숍 안에 진열대부터 사방 벽에 온갖 종류의 기타가 걸려 있었다. 주인은 검정색 가죽재킷에 머리를 길러 뒤로 질끈 묶은, 나이가 지긋한 분이었다. 1970~80년대 하드록이나 헤비메탈을 연주했을 법한 외모였다. 나는 가능한 금액대를 얘기하고 그 가격으로 살 수 있는 기타를 몇 대 보여달라고 했다. 주인아저씨는 별 말 없이 중고 펜더 스트라토캐스터와 깁슨 레스폴을 내주었다.

중고 기타를 주로 사는 이유는 당연히 보다 저렴한 가격으로 좋은 악기를 구할 수 있기 때문이다. 악기는 오래된 악기, 다른 사람이 쓴 악기라고 해서 새 악기보다 질이 더 떨어지거나 하지 않는다. 특정 시기에 솜씨 좋은 장인이 좋은 나무로 만든 기타가 새 기타보다 훨씬 좋은 울림을 내는 경우도 많다.

기본적으로 점검해야 하는 것들을 간단히 살펴봤다. 내가 가장 중요하게 체크하는 것은 기타 소리에 힘이 얼마나 있는가 하는 것이었다. 이것은 순전히 개인적인 기준인데 나는 기타를 칠 때 기타의 울림이 앞으로 뚫고 나가려는 듯한 기운을 가진 기타를 좋아했다. 개방현 코드 몇 개와 하이코드만 쳐봐도 기타의 울림, 뚫고 나갈 수 있는 힘이 얼마나 있는가 알 수 있다. 그리고 중고 기타를 살 때는 피치*

* 음의 높낮이를 가리키는 용어.

가 잘 맞는지, 다시 말해 넥의 변형은 없는지, 버징*
이나 데드 스폿**은 없는지도 중요 체크 사항이다. 개
방현의 피치와 12번 프렛의 피킹 하모닉스*** 음이 같
은지와 12프렛을 그냥 눌러서 나는 소리와 12프렛의
피킹 하모닉스 소리가 같은 음을 내는지만 확인해도
넥의 상태를 간단히 체크할 수 있다. 그리고 각 프렛
을 하나하나 짚어보는 것도 중요하다. 낮은 프렛부
터 높은 프렛까지 1번 줄부터 6번 줄까지 하나하나
눌러본다. 피치가 맞아도 특정 프렛에서 소리가 안
나거나 버징이 있는 경우가 중고 기타에서 종종 있
기 때문이다. 이런 문제는 트러스 로드**** 조정 등으로
간단히 해결되는 경우도 있지만 넥의 심각한 변형에
서 발생하는 경우도 있기 때문에 체크를 해봐야 한
다. 중고 기타의 특성상 나중에 이런 문제들을 알게

---

*   기타 줄이 진동할 때 프렛에 닿아서 나는 잡음.

**   소리가 안 나는 곳.

*** 원래 음을 뮤트시켜서 숨어 있는 높은 배음을 내는 주법을
     하모닉스라고 하는데, 피킹 하모닉스는 피킹한 후에
     재빨리 손가락을 줄에 살짝 대서 하모닉스를 얻는 방법을
     말한다.

**** 넥에 장착된 금속 막대기로 줄의 장력에 의해 넥이
     구부러지는 것을 방지한다.

되면 몇만 원부터 몇십만 원까지 수리비가 추가로 드는 경우가 있기 때문이다.

펜더의 스트라토캐스터는 맑고 영롱했다. 깁슨 레스폴은 묵직하고 안정적인 느낌이었다. 두 기타 모두 워낙 유명한 기타였지만 최종적으로 그날 내가 택한 기타는 깁슨 레스폴이었다. 깁슨 레스폴을 나의 첫 번째 메인 기타로 선택한 것은 무엇보다 그 안정적이고 묵직한 소리 때문이었다. 그것은 당시 내가 속하고 싶었던 세계하고도 관련이 있었다. 나는 음악을 하면서도 안정적인 세계에 속해 있고 싶었다. 사람들이 생각하는 정상성의 범주를 벗어나는 것에 대해 두려움이 있었고, 이미 음악을 하기로 마음먹고 있었지만 과연 음악을 하는 삶이 가능한 것인지 불안한 마음으로 고민하고 있었다. 그런 내게 펜더의 스트라토캐스터는 아슬아슬하고 위태롭게 들렸다. 클린 톤*의 까랑까랑한 사운드는 아름다우면서도 불안하게 들렸다. 그 무렵의 나는 안정적인 소리가 필요했다. 결국 내가 깁슨 레스폴을 택한 데에

---

* 일렉트릭 기타에서 이펙터를 사용하지 않은, 기타 자체의 고유한 소리.

는 묵직한 사운드와 어느 장르에나 두루두루 쓸 수 있는 범용성, 더불어 그 모양이 주는 둥글둥글한 안정감이 매우 중요하게 작용했다.

깁슨 레스폴을 사겠다고 하니 아저씨는 기타를 넣을 밤색 하드케이스를 가지고 왔다. 지금도 잊을 수 없는 것은 그 밤색 하드케이스 안쪽을 덮고 있던 핑크색 천이었다. 그 대비는 마치 이 기타가 가지고 있는 이질적인 속성을 보여주는 것 같았다. 하드록 이나 메탈에 쓰일 정도로 강력한 힘을 지닌 동시에 블루스나 재즈의 매우 감성적인 소리도 잘 소화하는 기타. 그렇게 1981년산 깁슨 레스폴 커스텀은 내 손에 들어오게 되었다.

첫 공연, 우리는 어떻게 되었을까

한동안 연습만 하던 밴드 조쿨은 드디어 공연 계획을 세우게 되었다. 지금처럼 홍대 지역에 클럽이 있던 시절이 아니어서 우리는 야외 공연을 감행하기로 했다. 당시 우드스톡 입구에는 약 두 평 정도의 공간이 있었는데 이곳에다 장비를 설치하고 공연을 하기로 한 것이다. 그런데 문제는 이 야외 공연이 불법이라는 사실이었다. 당시에는 지금처럼 버스킹 문화가 없다 보니 드럼을 치고 기타를 치는 순간 바로 경찰서로 신고가 들어갈 것이 뻔했다. 이번에도 사장님은 알아서 잘해보라고 허락해주셨지만 우드스톡 바로 맞은편이 주택가라는 점이 문제였다. 우드스톡 입구에서 건너편 집 대문까지의 거리는 불과 몇 미터 되지 않았다. 그 사이에서 공연을 하는 것이다. 미리 공연 허가를 신청한다 해도 불가 판정을 받을 것이 뻔했다. 주택가 바로 앞에서 통기타 라이브도 아니고 드럼에 기타, 베이스를 앰프에 꽂아서 연주하는 록 밴드 공연을 경찰에서 허락해줄 리 만무했다.

우리는 게릴라 공연을 하기로 했다. 공연이 시작되면 누군가 시끄러운 소리에 분명히 신고를 할 것이고 그러면 경찰이 출동할 것이다. 우드스톡 앞에 경찰들이 도착하기까지 적어도 10분은 걸릴 것이다. 펍에서 종종 소란이 발생했을 때 그들이 도착하는 데 그 정도의 시간이 걸렸던 것을 우리는 알고 있었다. 그 시간이면 3분짜리 곡을 세 곡 연주할 수 있는 시간이다. 계획을 세우는 것만으로도 우리 모두는 짜릿한 흥분을 느꼈다.

네 명의 멤버들은 창고에서 악기를 꺼내고, 우드스톡 입구 옆에 드럼과 앰프를 설치하고, 보컬용

스피커도 세우고, 마이크도 연결해 공연 준비를 마쳤다. 그렇게 봄날의 어느 토요일 오후, 신촌의 골목길에서 밴드의 첫 공연이 시작되었다. 너바나의 엄청난 에너지와 비트감이 넘실대는 〈Lithium〉을 첫 곡으로 골랐다. 연주가 시작되자 크게 울리는 음악 소리에 곧 한 무리의 젊은이들이 우드스톡 앞으로 모여들었다.

나는 너무나 떨리고 긴장되어서 정신이 하나도 없었다. 경찰이 언제 들이닥칠지 모르는 긴박한 상황이기도 했지만 무엇보다 사람들 앞에서 처음으로 기타를 연주했기 때문이었다. 내가 곡의 어느 부분을 치고 있는지도 모를 지경이었다. 얼마나 긴장을 했던지 머릿속이 하얘지더니 결국 연주하다 말고 그 자리에 주저앉고 말았다. 그러나 불행 중 다행인 것은 상황이 그러했는데도 곡의 순서에 맞게 계속해서 기타 연주를 했다는 것이다. 신기하게도 곡은 이어지고 있었다. 그동안 반복적으로 해온 연습 덕분에 손가락은 계속해서 곡의 순서를 따라가고 있었다. 어떤 것을 오랜 시간 반복적으로 연습하면 몸이 기억한다는 것을 그때 실감했다. 그때 함께했던 기타가 바로 레스폴이었다.

우리는 어떻게 되었을까. 우리는 세 번째 곡을

연주하지 못했다. 왜냐하면 두 번째 곡이 끝나갈 무렵 경찰차의 사이렌 소리가 저 멀리서 들려왔기 때문이다. 사이렌 소리를 듣자마자 네 명의 멤버들은 미리 약속한 대로 즉시 연주를 멈추고 악기를 신속하게 정리하기 시작했다. 드럼 세트를 분해하고, 악기를 케이스에 담아 순식간에 창고로 옮겼다.

잠시 후 경찰차가 도착했을 때 그곳에는 아무것도 남아 있지 않았다. 사이렌이 울리고 우리가 황급히 악기를 치우자 관람하던 사람들도 모두 자리를 떠서 우드스톡 앞은 조용하고 한적한 평상시 오후의 모습을 되찾았다. 출동한 두 명의 경찰관은 우드스톡 홀을 쓱 훑어보고는 몇 마디 질문을 던진 뒤 사라졌다. 단 두 곡만 연주했을 뿐이었지만 우리는 게릴라 공연을 감행했고 큰 사고 없이 무사히 공연을 마쳤다. 영원히 기억될 나의 첫 번째 공연이었다.

음악의 세계로 용감하게 들어가지 못하고

내가 레스폴과 이별하게 된 순간은 밴드에서 우리도 슬슬 자작곡을 만들자는 얘기들이 나왔을 때 찾아왔다. 무엇을 어떻게 연주할지가 다 정해져 있는 카피 밴드와 자작곡을 연주하는 밴드는 많이 다르다. 남의 플레이를 그대로 연주하는 카피와 달리 자신이 새로운 플레이를 만들어가야 하는 자작곡의 경우 하나하나가 엄청난 도전이다. 비틀스의 곡들을 똑같이 커버하는 밴드들은 전 세계에 널려 있을 것이다. 그러나 그들이 비틀스의 곡과 같은 노래를 만들 수 있느냐 하면 그것은 물론 아니다. 창작은 또 다른 세계인 것이다. 훌륭한 카피 밴드가 자작곡에 이르러서는 형편 없는 밴드가 될 수도 있다.

자작곡을 연주하는 밴드라면 곡의 착상에서부터 작사, 작곡, 편곡, 녹음 등 곡의 마지막 완성까지 모든 것을 밴드 안에서 해결할 수 있어야 한다. 카피를 잘하는 것은 곡을 이해하는 데 분명 도움이 되기는 하지만 새로운 곡을 만든다는 것은 창작만이 모든 걸 말하는 세계로 들어가는 일이다.

새로운 곡을 만든다는 것은 당시의 내게는 너무도 어려운 일이었다. 같이 모여서 이렇게 저렇게 곡의 앞부분만이라도 만들어보려고 애썼지만 기타 파트는 진전이 없이 매우 진부한 플레이만 반복하고 있었다. 팀 내 기타리스트로서 내가 느끼는 자괴감은 상당했다. 내가 플레이하는 기타 연주에 몹시 부끄러움을 느꼈다. 나는 창작이 안 되는 사람이다, 팀에 보탬이 안 되고 뮤지션의 자질도 없다, 이것이 그때 스스로에 대한 솔직한 평가였다. 그러나 음악을 그만둘 수는 없었다. 아직 뭔가를 시도조차 해보지 않았고 음악보다 나를 더 사로잡는 것은 없었기 때문이었다. 나는 뭐가 문제인 걸까.

결국 나는 자신감을 많이 상실한 상태에서 밴드를 나오게 되었다. 기타를 너무도 치고 싶지만 자작곡을 만들 수 없고 나만의 플레이를 할 수 없던 나는 그저 음악을 좋아하는 지망생, 아마추어 기타리스트일 뿐이었다. 나는 의기소침한 상태로 무엇을 해야 할지 몰라 어리둥절해하며 혼란스러운 나날을 보냈다.

그러던 어느 날 나는 침대 구석 벽에 기대어 덮개가 열린 채로 케이스 안에 들어 있는 레스폴을 물끄러미 바라보게 되었다. 레스폴의 좌우 대칭을 이루는 둥글둥글한 곡선, 그 묵직하고 안정적인 사운드, 레스폴의 장점이라고 흔히 얘기되는 이 모든 것들이 문득 버리고 싶은 나의 어중간하고 평범한 성격처럼 보이기 시작했다. 좀 더 용감하고, 좀 더 날카로운 감각을 가질 수는 없을까. 음악의 세계로 용감하게 들어가지 못하고 자기 색깔도 없이 흐리멍덩한 나 자신이, 예술가가 되길 두려워하는 나의 그 어중간함이 갑자기 견딜 수 없었다.

아무것도 없는 텅 빈 공간을 날카롭게 가르는 그런 기타를 치고 싶었다. 그러나 현실은 기껏해야 남의 곡을 따라 연주하고 정작 자신의 플레이로 들어가면 어쩔 줄 몰라 쩔쩔 매는 수준이었다. 나는 그 것의 문제가 바로 안정과 평범함에 기대고 싶은 욕망, 적나라한 것을 두려워하고 익숙한 것 뒤에 숨고 싶은 나의 어중간한 시선에 있다고 생각했다. 그리고 레스폴이 그런 진부한 나 그 자체로 보였다. 물론 깁슨 기타의 특성과는 전혀 연관이 없었다. 깁슨 기타는 오랫동안 세계에서 가장 양질의 기타를 생산해 내는, 그리고 가장 뛰어난 기타리스트들이 사랑하는 기타이다. 그러나 내게 중요한 것은 무난하고 안정적인 세계에서 감각적이고 직관적이고 날카로운 영감이 가득 찬 세계로 넘어가는 것이었다. 어떻게 해서라도 뮤지션이 되고 싶었다. 생각이 여기에 미치자 더 이상 레스폴을 연주하고 싶은 마음이 없어졌다. 그 세계를 하루 빨리 떠나고 싶었다. 기타를 케이스 안에 넣고 다시 낙원상가로 향했다.

레스폴을 샀던 그 악기점에 들어가서 주인아저씨에게 레스폴을 건네주었다. 그리고 가게 안에 진열되어 있는 기타들을 둘러보다가 내 시선을 잡아끄는 기타를 가리켰다. "사장님, 저 하얀 바탕에 빨간

색 픽가드가 있는 기타 좀 보여주세요." 그렇게 만난 것이 펜더 재즈 마스터였다. 빨간색 재즈 마스터는 너무도 아름답고 섹시하게 느껴졌으며 내게 넘치는 예술적 기운을 줄 수 있을 것처럼 보였다. 그렇게 레스폴과의 인연은 1년여 만에 끝이 났고 나는 무려 20년 넘게 깁슨 기타를 치지 않았다. 그렇게 나는 펜더의 세계로 들어갔다.

카피에 관하여

곡을 카피하는 것은 기타 실력을 향상시킬 수 있는 가장 빠른 길이다. 그렇다면 어떤 곡들을 카피하는 게 좋을까. 처음에는 무조건 쉬운 곡을 골라야 한다. 어려운 곡을 오랫동안 조금씩 진전시키면서 아주 세밀한 부분까지 카피하는 것은 상당한 인내와 기술이 필요하므로 실력이 향상된 이후에 도전해보는 것이 좋다. 그리고 무엇보다 실력이 아주 조금씩만 늘어도 그 상황을 받아들일 만한 마음의 준비가 되었을 때 하는 것이 낫다. 초기에 어려운 곡을 택하면 카피 중에 단념하고 기타를 영영 멀리하게 되는 부작용이 있을 수 있다. 처음에는 쉬운 곡으로 시작해 곡의 전부를 연주해냈다는 성취감을 느끼는 것이 중요하다. 그렇게 했을 때 기타가 더 친숙하게 느껴진다.

　이 방법과 함께 자신이 좋아하는 곡의 특정 부분을 카피해보는 것도 추천한다. 처음부터 끝까지 막힘없이 연주할 수 있는 곡만 찾아서 연습하다 보면 곡의 수가 너무 적어져 이 또한 기타에 대한 흥미를 잃게 하는 요인이 되기도 하기 때문이다. 어떤 곡에서 특별히 좋아하는 기타 파트가 있다면 그 부분만을 따로 카피해보자. 그럴 때 실력이 상당히 늘고 기타 치는 재미를 더 많이 느낄 수 있다.

　좋은 곡에는 악보상의 음표로는 표현되지 않는 커다란 에너지와 독특한 감성 그리고 새로운 세계가 잔뜩 들어 있다. 그렇다면 '좋은 곡'은 무엇인가? 자신이 느끼기에 '이 노래에는 뭔가 특별한 것이 있어'라고 느껴진다면 바로 그 곡이 당신에게 다른 세계를 경험하게 해줄 좋은 곡이다. 누구나 추천하는 곡들도 좋지만 나에게 유독 말을 거는 듯한 느낌을 주는 곡들을 몸과 마음을 다해 카피해보기를 권한다.

　어느 한 곡에 깊이 들어갔다가 나오는 경험은 매우 특별하다. 명곡을 직접 카피해보면 짧은 곡 하나에 엄청난 감정의 파노라마와 무수히 많은 이야기와 디테일이 숨어 있음을 알고 놀라게 될 것이다. 수준 높은 소설이나 영화 한 편을 본 감동에 결코 못

지않다. 내 몸과 마음을 다 쏟아부어 놀라운 에너지와 깊은 감성으로 가득한 곡을 카피해보는 것, 그것은 일종의 대단한 여행이다. 음악은 그저 듣기만 해도 좋은 여행이지만 몸과 마음을 다해 하나의 곡을 카피하다 보면 완전히 다른 경험, 다른 여행이 된다. 역으로 생각해보면 대단한 곡들은 연주하는 사람으로 하여금 몸과 마음을 다할 수 밖에 없게 하는 그런 요소들을 가지고 있다. 어떤 곡을 택할지 고민이라면 자신의 감성이 이끄는 대로 믿고 따르라고 말하고 싶다. 남들이 말하는 명곡 말고, 자신이 자꾸자꾸 듣게 되는 곡, 내가 반응하는 곡에 도전해보면 된다.

펜더 재즈 마스터,
나만의 멜로디를 찾아서

조쿨을 탈퇴한 뒤 밴드 활동을 할 때 공연했던 클럽 더블듀스(후에 스팽글로 바뀜)에서 밤 시간에 혼자서 손님들에게 맥주 등을 서빙하고 음악을 틀어주는 일을 했다. 근무 시간은 보통 밤 10시부터 새벽 3시까지였는데 주로 록 음악을 좋아하는 직장인들이 자주 왔다. 내게 이 시기는 한쪽 벽을 가득 메워 거의 천장에 육박하는 시디와 엘피들을 하나하나 꺼내 들으면서 내 나름의 음악 세계를 정리해나가는 소중한 시간이었다. 당시의 나는 늘 음악이 고팠기 때문에 아르바이트를 하러 간다기보다 음악으로 이루어진 도서관에 간다는 기분으로 매일 저녁 더블듀스에 출근했다.

내게 지금의 음원 스트리밍 사이트 역할을 해준 것이 바로 더블듀스에 꽂혀 있던 수많은 음반들이었다. 음반 리스트에는 1950년대 초기 록, 우디 거스리 같은 초기 포크 음악부터 블루스, 재즈, 하드록, 글램록, 사이키델릭, 소울, 알앤비, 얼터너티브, 펑크 등 팝 음악의 수많은 명반들이 있었다. 그렇게 매일 새벽까지 음악을 듣고, 또 손님들의 신청곡을 틀어주다 보니 나와 더 잘 어울리는 음악이 어떤 것인지 차츰 알게 됐다. 그런 의미에서 내게 이 시기는 더 없이 중요한 음악 수업이나 마찬가지였다.

홍대 지역 최초의 클럽 중 하나였던 더블듀스에서는 주말마다 밴드들의 라이브가 있었기에 악기를 비롯해서 앰프와 드럼 세트가 구비되어 있었다. 나는 공연이 없는 평일 오후에는 사장님의 배려로 내 펜더 기타를 클럽의 앰프에 연결해 마음껏 쳐 볼 수 있었다. 운이 좋았던 것이다. 보통의 가정집에서는 그렇게 큰 소리로 기타를 칠 수가 없다. 그래서 보통 밴드를 만들면 일정 금액을 내고 각종 장비를 갖춘 합주실을 시간 단위로 대여해서 연습을 한다. 시설에 따라 다르지만 보통 시간당 2만 원가량을 지불하면 드럼 세트와 각종 기타 앰프 그리고 보컬 마이크 등을 사용해서 밴드 연습을 할 수 있다(보통 한 번에 세 시간, 일주일에 이삼 일 연습한다). 그러나 밴드를 그만둬 합주실에 갈 수도 없는 처지였던 내가 혼자 더블듀스 공간 전체를 거의 매일 사용해볼 수 있었던 것은 엄청난 행운이었다.

나는 새벽 영업을 마치고 손님이 모두 나간 후에도 출입구를 걸어 잠그고 기타를 쳤다. 시간에 쫓기지 않고 이런저런 소리를 만들다 보면 시간이 한참 흘러서 밖은 이미 환한 아침이 되는 날이 많았다. 짐 모리슨이나 마크 볼란 같은 요절한 뮤지션의 초상화가 곳곳에 걸려 있는 으스스한 지하 공연장이었지만 기타를 앰프에 연결할 때 생기는 지잉 소리가 울리면 이상하게도 마음이 편해졌다. 소리 하나가 공간의 정서를 바꾸는 느낌이랄까. 곧이어 기타 소리가 이 공간을 가득 메울 것이란 생각만으로 온몸에 흥분이 전해졌다.

　나는 그곳에서 내 스타일을 만들어가기 시작했다. 혼자였기에 가능한 일이었다. 오히려 밴드에 계속 남아 있었다면 멤버들의 이런저런 의견에 휘둘리느라 나의 세계를 만들 기회가 적었을지도 몰랐다. 아이러니하게도 밴드에서 나와 어떻게 음악을 할 수 있을까 고민에 휩싸여 있을 그 당시가 도리어 내 스타일이 만들어지던 시기였다.

　지금도 그때를 생각하면 사방이 온통 까만 벽과 파란색 문, 곳곳에 걸린 초상화들, 한쪽 벽에 빼곡히 진열된 음반들 그리고 무엇보다 퀴퀴한 지하실 냄새와 그 안에서 울려 퍼지던 기타 소리가 떠오른다. 비트 해프닝*의 단조로운 기타 리프를 따라 치면서 어떻게 이렇게 단순한 기타 리프 하나가 곡 전체

---

*　1990년대 미국 인디록의 대부. 미니멀리즘과 아마추어리즘이 특징.

를 리드할 수 있는지 감탄했다. 스매싱 펌킨스의 몽환적이고 낭만적인 기타 라인들 그리고 60년대의 벨벳 언더그라운드의 주술적이고 사이키델릭한 사운드를 흉내내보기도 했다. 90년대의 스타일리스트 벡의 기타도 자주 연주했다. 물론 너바나의 기타도 빼놓을 수 없다. 당시 커트 코베인이 불어넣은 새로운 음악 스타일은 거의 광풍이라고 해도 좋을 만큼 전 세계적으로 휘몰아쳤다. 모두 허클베리핀 1집에 영향을 준 음악들이었다.

음악을 해나갈 수 있는 최소한의 이유

더블듀스에서 혼자 음악에 취해 있던 그 무렵, 나는 드디어 첫 번째 노래를 만들게 되었다. 그날도 여느 날과 다름없이 지하 벽에 기타 소리를 쏘아대고 있었다. 다른 점이 있었다면 테이프 레코더를 켜놓고 녹음을 한 것이었다. 그때까지도 의미 있는 연주나 멜로디를 전혀 못 만들고 있었기 때문에 어떻게든 짧은 플레이라도 나만의 것을 만들고 싶었다. 작업 방식을 바꾸어 테이프 레코더의 녹음 버튼을 누르고 연주를 한 후 녹음된 테이프를 들으면서 혹시 유의미한 연주가 있는지 확인해보기로 했다.

나는 의자에 앉아 마이크를 가까이 대고 노래

를 하면서 연주를 하기 시작했다. 멜로디가 떠오르면 흥얼거리기도 하고 그냥 기타 연주만 하기도 했다. 그렇게 40분가량을 녹음한 후 잠시 쉬었다가 녹음된 테이프를 처음부터 들어보았다.

테이프에서는 방금 전에 녹음한 연주가 흘러나오고 있었는데 이거다 싶은 부분은 하나도 없었다. 역시나 하는 마음으로 계속 듣고 있는데 20분을 지날 즈음 머릿속에 느낌표가 지나갔다. 방금 들은 20초 분량의 기타 연주와 그에 맞춰 부른 멜로디가 어딘가 좋은 느낌이 있었던 것이다. 재생을 멈추고 조금 전의 그 부분으로 되감기를 해 다시 확인해봤다. 아까 그 부분을 노래할 때는 분명 별다른 느낌이 없는 평범한 멜로디라고 생각하고 넘어갔는데 다시 들어보니 의외로 괜찮은 느낌이 있었다. 혹시 이 멜로디를 어디서 들어봤던가 생각해보았다. 아무래도 그런 것 같지는 않았다. 연주하고 노래할 때에는 특별히 좋은 느낌을 받지 않아 짧게 연주하다 멈춰버린 그 부분은 만일 녹음을 하지 않았으면 지나쳤을 게 틀림없었다. 그날은 어쩌다 보니 녹음을 하면서 연주를 했기에 그 짧은 연주와 노래를 다시 들을 수 있었고 그것을 객관적으로 바라볼 수 있는 기회를 가진 것이다.

다시 들어보니 대단히 특별하지는 않지만 그래도 반복해서 들을 만한 정도의 멜로디라는 것을 알 수 있었다(그리고 이 부분은 나중에 허클베리핀 1집 앨범의 〈보도블록〉이라는 곡에 그대로 쓰였다). 내 인생 처음으로 의미 있는 멜로디가 만들어진 순간이었다. 나에게서도 무언가 곡에 쓰일 수 있는 기타 연주가 나올 수 있다는 것을 처음으로 경험한 그날 나는 마음 깊은 곳에서 흥분했다. 어쩌면 음악을 할 수 있을지도 모르겠어. 계속 기타를 칠 수 있을지도 모르겠다는 희망이 처음으로 마음속에 생겼다. 더블유스 지하에서 동료도 밴드도 없이 이십대 중반을 막 지나던 나는 그렇게 우연히 20초짜리 멜로디와 기타 리프를 처음 만들게 되었고 이후 계속해서 음악을 해나갈 수 있는 최소한의 이유를 갖게 되었다. 짧았지만 나만의 노래, 나만의 기타 플레이가 가능하다는 것을 알게 되었기 때문에 스스로에 대한 불신에서 벗어나서 조금 더 앞으로 나아갈 수 있었다.

3인조 밴드, 허클베리핀

메탈 음악으로 대변되는 1980년대가 끝나자 보다 실험적이고 다양한 장르의 밴드 음악들이 90년대 중반 홍대를 중심으로 폭발적으로 쏟아져 나왔다.

홍대 극동방송국 쪽에 있던 클럽 드럭에서는 크라잉
넛, 노브레인 등의 펑크록 밴드들이, 산울림소극장
건너편에 위치한 스팽글에서는 코코어, 허클베리핀
등 얼터너티브 음악을 하는 밴드들이 연주했다. 그
리고 홍대와 신촌 중간에 위치한 푸른굴양식장(후에
마스터플랜으로 바뀜)에서는 이제 막 태동하던 힙합
뮤지션들과 종종 델리스파이스의 공연이 펼쳐졌다.
그리고 지금의 상상마당 근처에 있던 클럽 블루데빌
은 유앤미블루, 초기의 자우림 등의 밴드들이 연주
했다. 이 외에도 재머스, 롤링스톤즈 등의 클럽들이
모두 반경 3킬로미터도 안 되는 거리에 모여 있어서
주말마다 수많은 밴드들의 공연이 열리는 밴드 전성
시대가 이제 막 열리고 있었다.

　　내가 속해 있는 허클베리핀은 주로 스팽글에서
공연을 했다. 당시는 불문율처럼 밴드는 한 클럽에
서만 공연하는 문화가 한동안 있었다. 즉 크라잉넛,
노브레인은 거의 드럭에서만 공연했으며 코코어, 허
클베리핀은 스팽글에서만 공연을 했다. 그래서 밴드
들을 스팽글 밴드, 드럭 밴드, 재머스 밴드 등으로
나눠서 부를 때였다.

　　허클베리핀은 1997년에 스팽글에서 데뷔할 당
시 3인조 밴드였다. 3인조 밴드라 하면 보통은 드

럼, 베이스, 기타의 구성이 일반적이지만 당시 우리는 베이시스트가 없었다. 즉, 드럼에 기타 둘만 있는 편성이었다. 베이스가 꼭 필요한 곡에서는 내가 베이스를 쳤고 베이스가 없어도 연주가 가능한 노래들에서는 기타를 쳤다. 나는 한 시간의 공연 중 반쯤은 기타를 치고 나머지 반은 베이스를 쳤는데, 이렇게 한 이유는 사운드를 최소한으로 쓰면서 음악을 만들고 싶었기 때문이었다. 베이시스트 없이 무대에 오르는 우리를 낯설게 바라보는 사람들도 있었다. 그러나 1집의 사운드를 미니멀하게 만들고 싶었던 나는 크게 개의치 않았다.

사실 베이스는 악기의 중요성과 매력에 비해 사람들에게 저평가 받는 대표적인 악기 중의 하나다. 베이스를 한마디로 표현하면 있을 때는 잘 몰랐는데 없으면 반드시 그 빈자리가 티가 나는 사람과 같다. 조용한 듯 보이지만 사실 조직에 없어서는 안 되는 꼭 필요한 사람, 그런 존재가 바로 베이스이다. 대체로 베이스의 음역대는 드럼의 가장 낮은 음역대보다는 위고 기타보다는 낮다. 그래서 드럼과 기타 사이에 위치해서 그 둘을 연결해주는 역할도 한다. 베이스를 연주하다 보면 드럼 사운드에도, 기타 사운드에도 예민해져서 양쪽 모두의 플레이를 더 잘 이해하게 된다. 베이스 선율을 귀 기울여 듣다 보면 낯선 음악이라 할지라도 거부감 없이 즐길 수 있다. 기타나 보컬처럼 전체 사운드를 리드하는 악기들은 그 스타일에 따라 사람마다 호불호가 갈리지만 베이스 소리는 저항감 없이 사람들 마음속으로 스며든다 (한번 실험해보길 권한다. 어떤 음악이든 베이스 소리를 찾아서 들어보면 좋겠다. 음악이 훨씬 입체적으로 들리고 악기들이 서로에게 어떻게 말을 걸고 있는지 더 잘 들리게 될 것이다).

이것을 처음 느끼게 된 것은 자주 가던 음악 바에서였다. 그런 곳에서는 내가 좋아하는 음악만 들을 수 없기에 때로는 잘 모르는 음악이나 그다지 좋아하지 않는 스타일의 음악도 들어야 할 때가 있다. 그런 음악을 듣고 있는 것이 힘들 때도 있다. 그러던 어느 날, 잘 모르는 낯선 스타일의 음악이 나와 베이스에 귀를 기울여서 들었는데 신기하게도 음악이 무척 익숙하고 편안하게 들렸다. 낯선 음악에 대한 경계심을 풀어주는 소리가 바로 베이스였던 것이다. 베이스는 부담스럽게 말을 거는 스타일이 아니다. 그래서 편안하게 그 음악으로 들어가는 데 도움을 준다. 마치 말수가 적은 속 깊은 친구처럼 묵직하게 사람의 마음을 움직인다. 기타가 말을 재미있게 잘하는 사람이라면 베이스는 이야기를 잘 들어주는 사람과 같다. 이후로 잘 모르는 음악을 처음 들을 때 베이스를 따라가면서 듣는 습관이 생겼다.

좋은 음악에 닿는 길

그렇게 하나하나 곡이 쌓여가던 즈음 우리는 공연을 매주 한 번이 아니라 좀 더 자주 하고 싶은 생각이 들었다. 그러나 같은 클럽에서, 그것도 주말에만 영업하는 클럽에서 이틀 다 공연하기는 어려웠다. 당시 밴드들의 수가 급격히 늘어가는 상황이어서 더욱 그랬다. 우리는 일단 다른 클럽에서 공연하기 위해 스팽글 측에게서 허락을 받아뒀다. 그리고 신촌에 있는 클럽에서 오디션을 보기로 했다. 오디션 곡은 세 곡. 우리는 무대에 올라 1집에 수록될 노래 세 곡을 골라 연주를 했고 나는 기타와 베이스를 번갈아가며 열심히 연주했다. 마지막 곡이 끝나고 우리는 사장의 이야기를 듣기 위해 테이블에 앉았다.

그는 곡도 좋고 연주도 나쁘지 않다고, 그리고 여성 보컬인 점도 마음에 든다고 했다. 그런데 자신의 클럽에서 공연하기는 힘들 것 같다고 말했다. 록 밴드의 기본은 드럼, 베이스, 기타인데 베이스 없이 공연하는 것은 이해가 안 된다며 베이시스트를 구한 후 다시 오디션을 보라고 했다. 오디션에서 떨어진 것이다. 필요한 곡에서는 베이스를 연주하고 있지 않느냐고 되묻고 싶었지만 아무 말도 하지 않았다. 할 필요가 없다고 생각했다. 그 클럽 무대에 누구를 세울지는 우리가 결정할 문제가 아니기 때문에 우리는 별 말 없이 악기를 챙겨서 계단을 올라 밖으로 나왔다. 목요일의 화창한 봄날 오후였다. 우리 셋은 말없이 신촌 기찻길을 지나 스팽글로 걸어갔다.

아쉬웠다. 우리는 당시 홍대를 중심으로 새로운 음악적 시도에 대한 긍정적인 공감대가 생겨나고 있다고 생각하고 있었다. 그런데 아니었단 말인가.

최근 전 세계적으로 가장 중요한 여성 뮤지션으로 떠오른 빌리 아일리시 같은 보컬도 예전 시대에 등장했다면 비난을 피하지 못했을 것이다. 우선 우리나라 기준에서 보면 도대체가 노래를 성의 없이 하고 고음도 안 내고 성량이 크지도 않고 그저 귀에 대고 귓속말 하듯이 노래한다. 게다가 열일곱 살에 쓴 그의 가사에는 온갖 금기의 내용들이 잔뜩 실려 있다. 만일 그가 우리나라에서 음악을 했다면 어떻게 됐을까. 당연히 방송 출연 금지에 여론의 온갖 뭇

매를 맞다 단명하고 말았을 것이다. 반면, 나는 최근 미국에서 빌리 아일리시가 미국 사회를 멍들게 하고 있다는 이야기를 들은 바가 없다. 오히려 빌리 아일리시는 그 음악적 역량 외에도 자신의 이야기에 집중하는 바로 그 능력 때문에 매우 오랫동안 좋은 뮤지션으로 남을 거라고 생각한다.

밥 딜런은 어떤가. 당시에도 그랬지만 지금도 그의 보컬은 우리나라 사람들이 생각하는 노래 잘하는 보컬과는 정반대에 있다. 대중음악사의 가장 정상에 위치한 위대한 뮤지션인 그도 우리나라에서 음악을 했다면 어떤 평가를 받았을지 알 수 없다. 그렇다면 커트 코베인은? 기타란 모름지기 속주라는 인식이 팽배해 있던 1980~90년대 우리나라에서라면 도저히 나올 수 없는 뮤지션이다. 아마도 그런 실력으로 무슨 기타를 치느냐는 핀잔을 들었을 게 분명하다. 그러나 그가 열어젖힌 세계는 거의 해방에 가까웠다. 이것은 이래야 한다는 그런 틀 자체가 얼마나 억압적인지를 그의 음악이 우리에게, 당시 젊은이들에게 일깨워줬다. 지금의 전 세계를 지배하는 록 음악, 힙합도 모두 당대의 음악 꼰대들에 의해서 쓰레기통에 처박힌 음악들이었다는 것, 엄청난 비난과 수모를 받은 음악이었다는 것을 잊지 말아야 한다. 생각처럼 쉽진 않지만 감각을 열고 편견 없이 느끼려고 노력하는 것만이 좋은 음악에 닿는 길이자 좋은 뮤지션으로 남는 길이다.

곡은 어떻게 만드나요?

음악을 좋아하는 분들에게서 곡을 어떻게 만드느냐는 호기심 어린 질문을 종종 받곤 한다. 멜로디를 만들 때 가장 중요하게 생각하는 것은 짧더라도 곡을 시작할 수 있는 하나의 멜로디, 하나의 기타 리프를 찾는 것이다. 시작점이 될 만한 멜로디는 악기를 들고 끙끙대며 찾기도 하지만 음악과 전혀 관계없는 순간에 불현듯 떠오르기도 한다. 어쨌든 그렇게 찾은 10초 안팎의 멜로디는 작업을 하다 보면 사실 처음 느낌에 비해 대단하지 않은 것으로 판명되는 일이 더 많다. 이리저리 만지고 전개시키다 보면 맨 처음 떠오른 그 부분은 사라져버리거나 대폭 수정되기도 하지만 그것이 물꼬를 터서 결국 앨범에 실릴 만한 노래가 된다. 그래서 순간이나마 설레는 느낌이 들었다면 아주 짧은 멜로디라도 최대한 빨리 녹음해서 이렇게 저렇게 변주해볼 필요가 있다.

다음으로 중요한 것은 이 곡이 반복할 만한 가치가 있는가 냉정하게 따져보는 것이다. 몇십 번, 몇

백 번을 들어도 여전히 매력이 사라지지 않는 단단한 곡이어야 시간이 지나도 살아남는다고 생각한다. 다른 사람의 시간은 쉽게 내게 주어지지 않는다. 누군가 3분을 내서 내 음악을 듣고 그걸 기억했다가 다시 한 번 더 듣는다는 것은 기적 같은 일이다. 남의 시간을 가져오는 것이 그렇게 어려운 일이다. 곡 작업을 할 때에는 이 노래가 반복해서 들을 만한 가치가 있는지를 제일 중요한 기준으로 삼는다. 늘 내게 자문한다. 이 곡은 반복해서 들을 만한 가치가 있을까, 라고. 물론 부끄럽게도 내 곡 중에서 이 물음에 선뜻 대답하기 어려운 곡들도 많다. 그러나 어쨌든 이 질문이 내가 곡을 만들 때 가장 중요하게 생각하는 기준인 것은 사실이다.

노란 펜더 텔레캐스터,
영원한 나의 메인 기타

허클베리핀 2집 녹음을 하기에 앞서 새로운 기타를 찾기 위해 다시 낙원상가를 방문했다. 늘 가던 악기점으로 향했고 기타로 가득 찬 숍 안에는 예의 그 사장님이 가죽 재킷과 검은 부츠 차림으로 모자를 눌러쓰고 나를 무표정하게 바라보았다. "녹음할 때 사용할 만한 펜더 기타를 찾고 있습니다. 좀 둘러봐도 될까요?", "…." 그의 한결같음이 좋았다.

"텔레", "캐스터"

숍 안의 기타를 하나하나 살펴보는데 벽에 걸려 있는 기타 하나가 나의 눈길을 끌었다. 보통의 헤드에 비해 날렵하고 작은 헤드의 펜더 텔레캐스터였다. 빈티지한 느낌의 노란 빛깔을 띤 바디는 한눈에도 오래된 기타라는 것을 알 수 있었다. 좀 더 가까이 다가가 살펴보니 헤드에 역시 텔레캐스터라고 쓰여 있었다. 텔레캐스터. 나는 기타 이름 중에서 이 이름이 가장 아름답다고 생각한다. "텔레" 하고 발음할 때의 그 맑고 깨끗한 느낌과 "캐스터" 하고 발음할 때 연상되는 잘 설계된 기계 같은 느낌이 좋다. 이 둘을 이어서 "텔레캐스터" 하고 발음할 때 느껴지는 그 청량감을 특히 좋아한다.

텔레캐스터는 펜더가 처음으로 양산한 솔리드 바디, 즉 울림통이 없이 속이 꽉 차 있는 기타이다. 다루기 어려운 것으로 유명하지만 바로 그 개성 때문에 전 세계에 수많은 마니아를 거느리고 있다. 특유의 맑고 '깡깡'거리는 기타 톤의 개성이 너무 강해서 여간해서는 밴드의 메인 기타로는 잘 쓰지 않는 것으로 유명하기도 하다. 그러나 내가 지금 보고 있는 이 기타는 싱글 픽업이 둘 달린 전형적인 텔레캐스터가 아니었다. 보통의 텔레캐스터는 소리를 모으는 역할을 하는 얇은 막대기 모양의 픽업이 프론트와 리어에 하나씩 있는 구조이다. 그런데 이 기타는 깁슨에서 쓰이는 넓적한 험버커 픽업이 프론트에 박혀 있었다.

원래 1950년대부터 60년대 중반까지 수많은 재즈, 블루스 기타리스트들은 두 개의 싱글 코일 픽업이 달린 텔레캐스터 특유의 클린 톤 소리를 사랑했다. 텔레캐스터는 당대 기타계의 슈퍼스타라고 할 수 있었다. 그러다 60년대 중반 이후 전 세계적으로 다시 록 음악의 인기가 뜨거워지자 텔레캐스터는 위기를 맞게 된다. 당시 텔레캐스터는 보통 재즈나 블루스를 위한 기타라는 인식이 강했기 때문이다. 그래서 에릭 클랩튼을 비롯한 많은 기타리스트들은 강력한 록 음악 사운드를 내기 위해 두껍고 묵직한 톤을 내는 험버커 픽업이 달린 깁슨을 더 많이 쓰기 시작했다.

록 음악 시장에서 깁슨에 밀리기 시작한 펜더가 상황을 타개하고자 험버커 픽업을 장착해 만든 기타가 바로 이 텔레캐스터 커스텀이다. 이 기타에 달린 험버커 픽업은 '와이드 레인지'라고 불리는 모델이었는데 깁슨의 험버커보다 밝고 따뜻한 느낌이 나며 텔레캐스터의 리어 픽업과 잘 어울렸다. 그러나 이 기타는 예상보다 판매가 저조해 1972년부터 81년까지 한시적으로만 생산되고 만다.

다시 한 번 숍 내부를 둘러보았다. 사운드와 상태를 체크하려면 기타를 앰프에 연결해 소리를 들어봐야 하는데 주인아저씨를 번거롭게 하기 싫어서 테스트해보고 싶은 악기를 한 번에 다 꺼내달라고 할 참이었다. 하지만 노란 텔레캐스터 외에는 딱히 시선을 잡아끄는 기타는 없었다. 무엇보다 나는 그 색감, 그리고 흔히 볼 수 있는 텔레캐스터와 다른 디자인에 마음이 끌렸다. "사장님, 저쪽에 걸려 있는 노란색 텔레캐스터 좀 보여주시겠어요?" 그는 내 쪽으로 고개를 돌리더니 아무 말 없이 텔레캐스터가 있는 쪽으로 가서 기타를 꺼내 내게 건네주었다.

기타를 앰프에 연결하고 늘 하던 방식으로 기타의 울림과 힘을 체크해봤다. 특히 힘이 약하지는 않은지를 중점적으로 체크했다. 당시 허클베리핀의 노래 중에는 강력한 사운드를 내는 곡들이 꽤 있었는데 그 전의 재즈 마스터가 뚫고 나오는 소리를 충분히 만들지 못했기 때문에 이번에는 꼭 힘이 좋은 기타를 쓰고 싶었다.

전통적인 텔레캐스터는 아니었으나 내가 원하던 소리였다. 특히 개방현의 울림이 깊고 전체적으로 힘이 있었다. 피치가 약간 불안했지만 차차 잡아가면 된다고 생각했다(아무렴 어떠랴. 내 마음은 이미 이 기타에 기울어 있었다). 기타는 보통의 스트라토캐스터에 비해 묵직했고 무거웠다. 장시간 서서 연주할 때나 운반할 때 불편함이 있을 것 같았다. 그러나 예전에 만만치 않은 레스폴도 연주해봤기 때문에 큰 문제는 아니었다. 나는 이 기타가 무척이나 마음에 들었다. "이 기타 얼마예요?", "130만 원이에요", "제가 가져갈게요", "하드케이스가 없으니 5만 원 깎아줄게요."

1978년산 펜더 텔레캐스터 커스텀은 이렇게 내

기타가 되었다. 집으로 돌아오면서 나는 드디어 그동안 찾아 헤매던 메인 기타를 구했다는 생각에 기분이 무척 좋았다. 이후로 수많은 공연을 이 텔레캐스터와 함께했다. 이 기타와 함께하는 동안 주위로부터 나와 정말 잘 어울린다는 말을 여러 번 들었다. 나 역시 이 기타를 매우 아꼈다.

이 기타로 녹음한 앨범은 〈사막〉 같은 노래들이 포함된 2집 《나를 닮은 사내》, 그리고 〈연〉, 〈불안한 영혼〉, 〈아이 노우〉 등이 포함된 3집 《올랭피오의 별》, 그리고 〈낯선 두 형제〉, 〈밤이 걸어간다〉, 〈환상환멸〉 등이 포함된 4집 《환상... 나의 환멸》이다. 그 외에도 스왈로우의 1집 《Sun Insane》과 2집 《Aresco》 등을 모두 이 기타로 녹음했다. 오래된 기타라 중간에 종종 수리할 일들이 있었지만 이 텔레캐스터를 가진 이후로 다른 기타를 욕심 내본 적이 없을 정도로 내게는 소중한 기타였다. 2008년의 어느 날 이 기타를 분실할 때까지는 그랬다.

노란 텔레캐스터를 잃어버리다

2008년 청량리역 부근에서 열린 사회적 공연에 참석해 공연을 마친 허클베리핀은 작업실로 돌아갈 채비를 하고 있었다. 악기들을 케이스에 담고 차에 싣기 위해 거리 쪽으로 하나하나 옮겼다. 이제 근처에 주차해둔 차에 싣기만 하면 되었다. 나는 자리를 뜨기 전에 마지막으로 행사 관계자와 인사를 나눴다. 그리고 차를 향해 걸어가는데 당시 매니저가 그사이 악기들을 차에 다 실었으니 출발하면 된다고 했다. 우리는 차에 올라타 연남동 작업실로 향했다.

작업실에 도착했는데, 뭔가 웅성거림이 느껴졌다. 무슨 일인지 물었지만 매니저는 아무 일도 아니라고 먼저 들어가라고 했고 나는 먼저 작업실을 나왔다.

나중에 알게 된 사실은 이랬다. 공연이 끝나고 차에 싣기 위해 악기들을 대로변 나무 주위에 빙 둘러놓았는데 다른 악기들은 다 싣고 내 기타만 그대로 둔 채 출발해버린 것이었다. 내 기타를 나무 뒤편에 세워두고 그것을 깜빡한 것이다. 악기를 차에 다 실었다는 매니저의 말을 믿고 그대로 차에 탄 게 잘못이었다. 그렇게 청량리 대로변 가로수에 노란 텔레캐스터는 덩그러니 남겨졌다. 작업실에 도착한 후 매니저는 내 기타가 보이지 않자 당황하여 보컬 이소영과 함께 그대로 차를 몰아 청량리로 향했다고 한다. 차에 짐을 실었던 그 장소로 가 보았으나 이미 내 기타는 누군가가 가져가고 그 자리엔 아무것도 없었다. 기타의 행방은 당연히 알 길이 없었다. 매니저는 혹시라도 찾을 수 있을까 해서 내가 그 기타로 연주하는 모습을 찍은 사진에서 기타만 확대해 전단지를 만들어 청량리역 일대에 붙였다. 그리고 온라인 악기 거래 사이트에도 같은 사진을 올려놓고 연락이 오길 기다렸다. 그러나 아무리 기다려도 기타의 소식은 들을 수 없었다. 다만 악기 거래 사이트에 올린 그 게시물에 누군가 "이 기타는 허클베리핀 이기용의 기타인 것 같다"와 같은 댓글이 달리는 게 다였다. 그렇게 허망하게 노란 텔레캐스터는 내 곁을 떠나게 됐다.

기타는 오래되었다고 해서 성능이 떨어지거나 하지 않기 때문에 관리하면서 사용하면 몇십 년은 물론이고 수백 년 이상도 사용할 수 있다. 작가가 글을 쓸 때 늘 사용하는 노트북을 아무리 좋아한다고 하더라도 10년 이상 쓰는 경우는 거의 없는 것과는 다르다. 그렇기 때문에 나는 그 노란 텔레캐스터에게 더욱더 애정을 주었던 것 같다. 그 상실감을 무엇에 비유하면 좋을까.

비슷한 감정을 생각해보자니 중학교 3학년 무렵 마음이 가장 잘 통하던 친구가 어느 날 갑자기 해외로 이민을 가게 되어 더는 만날 수 없었던 기억이 떠오른다. 나는 아직 기타를 치지 못할 때 그 친구는 이미 기타를 칠 줄 알았고, 노래도 잘했으며 무척 유머러스한 데다 운동도 잘했다. 밝은 성격이어서 주위에 늘 친구들이 많았던 그는 어쩐 일인지 나와 가장 가깝게 지냈다. 우리는 늘 어울렸고 같이 음악을 들었다. 그러다 3학년 1학기가 끝나갈 무렵 그 친구가 가족들과 함께 미국으로 이민을 가게 됐다고 말했다. 아마도 말 못할 집안 사정이 있었을 것이다. 아버지의 사업 때문일 수도 있고. 그렇게 갑자기 미국으로 가게 된 친구와 연락이 끊겼다. 당시 나는 본가에서 지내지 못하고 이모네에서 먼 길을 돌아 학교로 통학하던 시절이라 어찌어찌하다 보니 그의 연락처도 받지 못하고 그대로 허망하게 헤어졌다. 내가 거의 유일하게 대화를 나눴던 중학교 때 친구는 그 이후로 지금까지 한 번도 만나지 못했다. 종종 그 친구 생각을 할 때마다 마음 한구석이 휑하다. 그때의 감정이 기타를 잃어버린 후의 내 마음과 가장 닮아 있는 감정인 것 같다.

내면 깊은 곳의 감성을 표현하는 방법은 저마다 다를 것이다. 기타리스트는 그 감성을 기타를 통해서 표현한다. 다른 말로 하자면 기타리스트에게 기타는 음악 자체이다.

기타리스트라면 모두 그렇겠지만 노란 텔레캐스터를 연주할 때 나는, 바디를 몸에 바짝 붙이고 늘 마음을 다해 연주를 했다. 그렇게 노란 텔레캐스터를 연주하면서 나는 내 감정의 가장 깊은 곳까지 내려가보는 경험을 했다. 노란 텔레캐스터를 잃어버렸을 때 나는 음악을 잃은 느낌이었다.

지금도 나는 늘 메인 기타 없이 서브 기타로 연주하고 있는 심정이다. 노란 텔레캐스터를 잃어버리고 나서 어떤 기타에도 큰 흥미를 느끼지 못했다. 이 글을 쓰는 지금 이 순간에도 손끝에 닿던 노란 텔레캐스터의 감촉이 떠오른다. 다시 그 기타를 메고 연주하고 싶다. 잃어버린 지 10년이 지났지만 나의 메인 기타는 오로지 그 노란 텔레캐스터뿐이다.

펜더 스트라토캐스터,
나는 마음이 어두워졌다

10년간 함께했던 텔레캐스터를 잃어버린 후 허클베리핀의 다섯 번째 정규 앨범 작업을 준비해야 했던 나는 다시 새 기타를 구하러 낙원상가를 찾았다. 보통의 기타리스트들은 메인 기타 외에도 다른 성향의 기타들을 적어도 한두 개는 가지고 있는 경우가 많은데, 나는 오직 노란 텔레캐스터 한 대밖에 없었다.

스트라토캐스터를 써보기로 했다

다시 찾아간 낙원상가. 이번에는 그렇게 좋은 기타를 살 처지가 못 되었다. 팔 기타가 없었기 때문에 자금이 부족했다. 당시 상황으로는 녹음까지 커버할 수 있는 기타를 살 수 있을지도 의문이었다. 이번에도 같은 기타 숍을 찾아간 나는 주인아저씨께 아예 금액부터 털어놨다. "제가 지금 가진 돈이 90만 원 정도인데 녹음도 할 수 있고 공연도 할 수 있을 만한 기타가 없을까요?" 내가 제시한 금액을 듣더니 아저씨는 "그럼 이거 써야지 뭐" 하고는 검정색 바디에 하얀 픽가드가 달린 펜더 스트라토캐스터를 건네주었다.

그가 건네준 기타는 펜더 스트라토캐스터의 보급형인 스탠더드 모델이었다. 펜더 스트라토캐스터는 일렉트릭 기타의 대표 주자 격이기 때문에 많은 사람들이 최초의 일렉트릭 기타라고 생각할 수 있지만(아마도 사람들이 생각하는 일렉트릭 기타의 전형적인 이미지가 펜더 스트라토캐스터일 것이다) 순서상으로는 텔레캐스터와 재즈 마스터에 뒤이어 나온 기타이다. 그러나 특유의 아름다운 클린 톤 사운드로 전 세계적으로 많은 기타리스트들의 사랑을 받게 되어 순식간에 일렉트릭 기타의 대표 모델 중의 하나가 되었다.

스트라토캐스터의 클린 톤 사운드는 흔히 '까랑까랑하다'고 표현하는데 쓰이는 나무의 성격상(보통 앨더나 애시로 바디를 만들고 메이플로 넥을 만든다) 밝고 맑은 소리가 난다. 한편 싱글 코일 픽업을 달고 있어 묵직하고 힘 있는 사운드를 내기에는 조금 부족한 면이 있어 헤비한 음악을 하는 사람 중에서 스트라토캐스터를 쓰는 경우를 찾기는 어렵다. 그러나 그 외의 거의 모든 장르를 소화할 수 있는 범용성을 가지고 있는 게 바로 이 스트라토캐스터이다. 텔레캐스터가 브리지와 넥 두 군데에만 픽업을 쓰는 데 반해 스트라토캐스터는 가운데에 싱글 코일 픽업을 하나 더 추가해서 세 개의 싱글 픽업을 쓴다. 스트라토캐스터를 사용하는 기타리스트는 셀 수 없이 많지만 그중에서도 꼽자면 에릭 클랩튼, 지미 헨

드럭스 등이 있다.

　사실 나는 스트라토캐스터를 제대로 써본 적이 없었다. 이유는 앞서 말했듯이 일렉트릭 기타의 대표 선수 격이라서 이미 너무 많은 기타리스트들이 사용하고 있었기 때문이다. 하지만 시간이 흐를수록 허클베리핀도 곡들의 스펙트럼이 다양해지고 있어서 범용성이 좋은 스트라토캐스터를 쓸 타이밍이 된 것도 같았다. 어차피 내가 좋아하는 텔레캐스터 커스텀 기타는 매물이 매우 드문드문 나오는 데다 어쩌다 나온다 하더라도 내가 샀을 때에 비해 가격이 많이 오른 터라 다시 그 기타를 사기는 힘들어진 상황이었다. 나는 펜더 스트라토캐스터를 써보기로 했다.

　더 농밀한 사운드를 내기 위해서는 커스텀 숍 급의 펜더를 쓰고 싶었지만 어쩔 수 없었다. 스트라토캐스터 스탠더드 모델에 적응해야 했다. 그러나 스트라토캐스터는 따로 적응할 필요가 없을 정도로 첫 번째 밴드 연습 때부터 다양한 곡의 사운드를 큰 무리 없이 내주었다. 아주 뛰어난 톤은 아니었지만 그렇다고 곡의 표현을 못하거나 할 정도는 더더욱 아니었다. 스트라토캐스터는 허클베리핀의 곡들 정도는 공연에서 무난하게 커버할 수 있는 기타였다.

보급형 모델이라고는 해도 역시 범용성의 기타다웠다. 어느새 나는 이 기타로 벌써 많은 공연들을 소화하고 있었다.

허클베리핀은 네 번째 앨범부터 본격적으로 강한 비트의 록 음악을 하기 시작했기 때문에 기타가 더욱더 힘 있게 존재감을 드러내야 하는 시기였다. 그런데 새 기타에 애정을 가지려고 노력해도 나는 그다지 큰 애착을 느끼지 못하고 있었다. 워낙 노란 텔레캐스터에 정을 붙여놓았는데 허망하게 잃어버린 탓이었다. 까만 스트라토캐스터를 칠수록 노란 텔레캐스터가 그리웠다. 공연도, 곡을 만드는 일도 계속하고는 있었지만 남의 신발을 신은 기분이랄까, 전력 질주하지 못한 채 뭔가 조금씩 기운이 빠지는 느낌이 들었다. 드러내 얘기하지는 못했지만 속으로 그렇게 기운이 빠져 있는 시간들이었다. 스트라토캐스터에 애정을 갖고 싶었지만 잘 되지 않았다.

시간은 흘러 어느덧 열한 곡의 앨범 수록곡들이 결정돼서 밴드는 2011년경 본격적으로 다섯 번째 정규 앨범의 녹음을 시작했다. 녹음은 트랙별로 따로따로 녹음하는 방식을 택했다. 정규 음반은 그 뮤지션의 대표적 창작물이기 때문에 어느 뮤지션이나 혼신을 다해서 작업한다. 사용할 수 있는 거의 모든 장비를 구해서 최대의 시간을 들여 녹음한다. 나도 여러 대의 기타를 지인들로부터 빌려놓았다. 빌려온 기타들은 모두 내 스트라토캐스터보다 상위의 좋은 기타들이었다. 그러나 예상과는 다르게 나는 빌려다 놓은 다른 좋은 기타들보다도 스트라토캐스터를 계속해서 선택하고 있었다. 녹음에 들어가면 분명 더 상위급의 좋은 기타들을 선택하게 되어 스트라토캐스터는 거의 쓸 일이 없을 것이라고 생각했는데 결과는 내 예상과는 달랐다.

　　음질 하나만 놓고 보면 분명 빌려온 기타들이 더 좋은 소리를 내고 있었다. 그런데 이상하게도 곡이랑 같이 들어보면 내 검정 스트라토캐스토가 곡들과 더 잘 어울렸다. 내 귀가 이미 그 곡들을 연습하는 과정에서 스트라토캐스터의 소리에 익숙해져 그럴지도 모른다고 생각했는데 녹음실 엔지니어도, 녹음하는 다른 멤버들도 스트라토캐스터가 더 낫다는 데 동의하고 있는 상황이라 결국에는 거의 늘 스트라토캐스터로 녹음하게 되었다. 결국 허클베리핀 5집 《까만 타이거》의 대부분의 곡들은 스트라토캐스터로 녹음을 마쳤다. 내게서 따뜻한 시선 한번 받지 못한, 어찌 보면 내 마음속에서 존재감이 가장 작았던 기타가 중요한 정규 앨범에서 가장 뛰어난 활약을 펼친 셈이다.

그러나 나는 여전히 노란 텔레캐스터가 나에게 준 그 충만함을 잊지 못하고 있었다. 검정 스트라토캐스터에게는 무척 미안한 일이지만 더 집중하고 애정을 쏟을 수 있는 기타를 찾아야겠다는 생각이 들었다. 아쉽게도 검정 스트라토캐스터는 5집 녹음을 끝으로 나와 헤어지게 되었다. 함께 공연하고 연습하고 곡을 만들던 기타를 팔기 위해 내놓는 것은 언제나 마음 아픈 일이다.

스트라토캐스터와의 이별과 재회

스트라토캐스터를 팔고 얼마의 시간이 흘러 나는 영국 출신의 록 밴드 프란츠 퍼디난드의 내한 공연을 보러 잠실로 향했다. 키보디스트 없이 오직 기타, 베이스, 드럼으로만 이루어진 이 밴드는 전자음악이 대세가 된 21세기에 군더더기 없는, 에너지 넘치는 록 음악으로 공연장을 뜨겁게 달구어놓았다. 특히 〈Take me out〉을 연주했을 때 공연장의 열기는 최고조에 올랐고 이날 함께 간 밴드 멤버들과 나역시 정신없이 공연을 즐겼다. 그렇게 한참 공연을 보고 있는데 내 바로 앞줄에 있던, 덩치가 큰 남자

가 내게 인사를 해왔다. 자신을 고등학생이라고 소
개한 이 친구는 뜻밖에도 내가 중고로 판 그 검정 스
트라토캐스터를 자신이 사서 잘 연주하고 있다고 했
다. 자신도 학교 록 밴드에서 기타를 치고 있다며 내
가 그 기타의 전 주인이라는 것을 알고 있었기에 반
가워서 인사를 했다고. 나는 스트라토캐스터에게 늘
미안한 마음이 있었는데 다행히 밴드에서 기타를 치
는 친구가 그 기타를 가지고 있다고 하니 기뻤다. 그
친구에게 고마운 마음이 들어 같이 함께 기타에 대
해서 이야기 나누고 사진도 찍으면서 짧지만 즐거운
시간을 가졌다.

　　이 친구를 다시 본 것은 내가 4년간의 제주 생
활을 정리하고 돌아온 후였다. 제주에서 돌아온 후
허클베리핀은 6집 앨범을 준비하기 시작했다. 그러
던 중 인천 부평에서 어쿠스틱 공연 섭외가 들어왔
는데 우리에게 연락을 해온 사람이 다름 아닌 그 고
등학생 기타리스트였다. 그는 이제 어엿한 록 밴드
의 기타리스트가 되어 홍대 지역에서 활동하며 얼마
전에는 정규 앨범을 발표해 좋은 평가를 받기도 했
다. 어찌어찌해서 공연의 섭외를 돕고 있었던 그는
마침 허클베리핀이 다시 공연을 시작했다는 소식을

듣고 우리를 출연자로 소개했다는 것이었다. 쉽지 않은 인연이다 싶었다.

같은 무대에서 활동하게 된 그를 오랜만에 다시 만났지만 아쉽게도 그는 더 이상 그 스트라토캐스터를 연주하지 않는 것 같았다. 아마도 더 좋은 기타가 필요했는지 그 기타를 다시 중고로 판 모양이었다. 나는 마음이 어두워졌다. 그 기타는 또 어디로 갔을까. 내가 그 기타의 첫 주인으로서 아끼며 연주해주지 않았기에 그 기타를 생각하면 마음이 어두워지는 것은 어쩔 수 없었다.

공연을 마치고 짐을 정리하는데 그 공연의 기획자가 대기실로 들어오더니 내게 사인을 요청해왔다. 그런데 종이를 가져온 게 아니라 기타 바디에 쓰이는 하얀색 픽가드를 가지고 왔다. 이런 경우는 처음이라 픽가드를 잠시 말없이 쳐다보고 있으니 그가 말했다. "이 픽가드는 기용 씨가 전에 쓰던 펜더 스트라토캐스터에서 떼어온 것입니다. 그 기타를 제가 소장하게 돼서 오늘 사인 받으러 이렇게 가지고 왔어요."

놀랍고 반가웠다. 내가 이 기타의 전 주인이라는 사실을 알고 이렇게 사인까지 받아갈 정도면 그 기타에 대한 애정이 적지 않을 거라는 생각이 들었다. 그 펜더 스트라토캐스터를 처음에 내가 신품으로 샀으니 기타의 1대 주인, 2대 주인, 3대 주인이 그 어쿠스틱 공연으로 다 연결되어 있었던 것이다. 신기할 따름이었다. 그 기타가 나와의 인연은 길지 않았지만, 그래도 아껴주는 새 주인들을 연달아 만난 것이 무척 위안이 되었다.

밴드가 녹음을 한다면

밴드가 녹음실에서 녹음을 한다고 하면 사람들은 보통 모든 연주자들이 함께 녹음실에 들어가 연주하는 것을 생각하기 쉬운데 실제로는 그렇지 않다. 물론 예전에는 그런 녹음 형태가 흔했다. 한 번에 녹음하는 방식의 장점은 잘만 하면 단시간에 모든 녹음을 마무리할 수 있는 점과 연주자들이 함께 연주할 때만 나오는, 생생하고 자연스러운 악기 간의 호흡과 에너지를 담을 수 있다는 것이다. 그러나 다른 소리의 간섭 없이 동시에 여러 악기의 소리를 받기가 쉽지 않기 때문에 한 파트가 결정적인 실수를 하면 모든 연주를 처음부터 다시 해야 한다는 단점이 있다. 연주자들의 섬세한 호흡이 부족한 경우 자신의 소리가 다른 악기들의 마이크에 섞여 들어가 지저분해지는 경우다. 그러다 1960년대 후반에 들어서면서 녹음 기술의 발전으로 점점 멀티 트랙 녹음 방식이 보편화되었다. 즉, 악기별로 하나씩 나눠서 녹음하는 방식이 대세가 되어서 이제 녹음할 때 실수가 있더라도 그 파트만 다시 녹음하면 되기 때문에 보다 세밀한 수정이 가능해졌다.

보통 밴드의 녹음은 기타와 보컬로 간단히 곡의 전개를 스케치한 가이드라고 불리는 파일을 듣는 것으로 시작한다. 이후 사운드의 기본이 되는 비트, 즉 드럼 녹음을 먼저 하고 그다음 베이스, 기타, 키보드 등의 순서로 녹음한 뒤 가장 마지막에 보컬 녹음을 한다. 그렇게 해당 음악에 필요한 소리들을 순차적으로 녹음한 뒤에 이 개별 소리들을 섞어서 우리가 알고 있는 음악이 되게 하는 과정이 믹싱이다.

믹싱이란 낱개의 소리들의 볼륨과 톤을 하나하나 조정해 예쁜 소리를 만들어서 하나씩 섞는 과정이다. 드럼만 해도 맨 저음대의 발로 치는 킥 드럼, 손으로 치는 북(스네어), 큰 탐, 작은 탐, 라이드, 하이햇 등 8~10개의 개별 소리들이 녹음된다. 믹싱 엔지니어는 이 소리들을 하나하나 따로 조절하고 이펙팅을 추가해서 곡의 분위기에 맞는 듣기 좋은 소리를 만들어낸다. 요즘에는 실제 연주의 비중은 줄고 컴퓨터 소스, 우리가 흔히 가상 악기라고 부르는 컴퓨터상에서 조합된 소리가 점점 더 많이 쓰이고 있는 추세이다.

베이스 녹음은 전통적으로 가장 적은 트랙을 사용하는 경우라 볼 수 있다. 이펙터도 많이 쓰지 않고 대부분 한 대의 악기로 녹음을 끝내기 때문에 가장 빨리 녹음이 끝나는 악기다. 드럼, 베이스 등의 리듬 악기의 녹음이 끝나면 이제 멜로디 악기들의 녹음이 시작된다.

기타 녹음이 시작되면 곡별로 보통 네 단계를 거치게 된다. 첫 번째는 물론 어느 기타를 쓸지 정하는 것이다. 곡의 성격이 비슷한 경우에는 딱 맞는 한 대의 기타로 앨범의 전곡을 녹음할 수도 있지만, 곡들의 성격이 편차가 클 때에는 곡의 특성에 따라 곡의 느낌을 최대치로 표현할 수 있는 기타를 골라 녹음하게 된다. 어떤 곡은 스트라토캐스터가 잘 어울릴 수 있고 어떤 곡은 깁슨 레스폴 커스텀이, 세미 할로우 ES-335가 잘 어울릴 수도 있는 것이다. 그것은 그 기타의 사운드가 가지고 있는 특유의 질감, 특히 클린 톤의 성격과 나머지 악기들과의 조화에서 결정된다. 다른 기타가 절대 안 된다는 뜻이 아니라 특정 기타일 때 곡의 느낌이 더 살아난다는 것이다.

기타를 골랐으면 이제 어떤 앰프를 쓸지 결정

해야 한다. 보통의 밴드 녹음에서는 기타에 진공관 앰프를 연결한 후 앰프 스피커에 마이크를 대고 녹음한다. 보통 녹음실에는 마샬, 펜더를 비롯해 여러 대의 앰프들이 준비되어 있다. 기타리스트는 곡마다 기타를 앰프에 하나씩 연결해서 소리를 테스트한 후 해당 곡과 가장 잘 어울리는 앰프를 고른다. 기타 앰프도 사운드를 만드는 데 결정적인 역할을 하기 때문에 앰프의 선정도 매우 중요하다.

그렇게 기타와 앰프를 고른 후에는 앰프와 기타 사이에 연결해서 소리를 다양하게 변화시키는 이펙터 페달을 고른다. 그리고 마지막으로 기타의 어느 픽업을 쓸 것인지 고른다. 픽업의 앞쪽에서 나는 소리(대체로 부드럽고 따뜻하고 저음대가 강조되어 있다)와 뒤쪽에서 나는 소리(맑고 깨끗하고 날카롭고 뚫고 나오는 성향)와 그 양쪽을 섞은 중간 소리 중에서 택하는데, 픽업의 선택에 따라서 또 소리가 달라지기 때문에 이 부분도 중요한 과정이다. 여기까지 선택이 다 끝나면 본 녹음이 시작된다. 그러나 사실 요즘은 워낙 가상 악기가 좋아지고 컴퓨터상에서 후보정이 다양하게 가능해졌기 때문에 앰프 없이 웬만한 기타 하나로도 곡에 어울리는 수많은 소리를 만들어낼 수 있다(어떻게 보면 여러 대의 기타를 쓰는 것도 기타리스트의 자기 만족일 수 있겠다는 생각도 든다).

보컬은 단 하나의 트랙을 써서 한 번에 녹음하는 경우도 물론 있지만 영화 〈보헤미안 랩소디〉에서처럼 화성을 만들어야 하는 경우 목소리를 여러 번 녹음해서 합치기도 한다. 결국 보컬도 상당히 많은 트랙을 사용해 녹음한다.

하나하나 나누어서 여러 번 녹음한 트랙들은 믹스 과정을 통해 음악의 형태를 갖추어간다. 이 과정에서 마치 건물을 짓는 것과 같이 소리들은 좌우, 앞뒤, 위아래의 위치를 배정받는다. 여러 소리들을 섞는 과정인 믹스가 끝나면 마스터링이라는 최종 단계가 남는다. 마스터링은 이렇게 믹스된 음악의 최종 볼륨과 곡과 곡 사이의 길이, 곡의 공간감 등을 확정하는 최종적인 사운드의 조정을 말한다. 믹싱에서 놓친 혹은 잘못 판단한 부분들을 조정하는 경우도 많기 때문에 마스터링 과정에서 곡의 느낌이 상당히 바뀌기도 한다.

탐 앤더슨 드롭 탑,
끝내 좋아하지 못한

검정 스트라토캐스터를 팔고 나서 내가 만나게 된 기타는 탐 앤더슨이라는 회사의 제품이었다. 탐 앤 더슨은 펜더나 깁슨만큼 연륜이 오래된 회사는 아니 었지만 범용성 높은 고품질의 기타로 주가를 올리고 있었다. 특히 여러 장르의 음악을 소화해야 하는 세 션 기타리스트들에게 높은 평가를 받으면서 그 존재 를 알려왔다. 나는 노란 텔레캐스터의 빈자리를 메 울 수 있는 기타를 찾던 중 지인의 소개로 이 기타를 처음 만났다. 탐 앤더슨 드롭 탑 클래식 모델로 검정 스트라토캐스터와 비교했을 때 클린 톤 소리도 뒤지 지 않고 더 힘 있는 사운드를 들려주었다. 노란 텔 레캐스터와 비교해서도 결코 뒤지지 않는 강한 힘이 느껴져서 좋았다. 음색도 나무랄 데가 없어서 사운 드 측면에서는 충분했다.

그런데 한 가지 마음에 걸리는 게 있었다. 당 시의 매우 주관적인 느낌이지만 펜더 기타에 익숙해 진 나에게 탐 앤더슨의 기타 모양은 어딘지 조금 기 름진 느낌이었다. 과장해서 말하자면, 아웃도어 캠핑 을 가야 하는데 드레스를 차려입은 느낌이랄까. 그 러나 그 뚫고 나오는 기세가 어찌나 대단했던지 기 타를 테스트하면 할수록 소리에 반하게 되었다. 결 국 나는 디자인에 대한 개인적인 아쉬움은 접어두고 그 소리 때문에 탐 앤더슨 기타를 구매했다. 그러나 어찌 된 일인지 좋은 기타를 새로 사서 작업실에 왔는데 그다지 신나거나 들뜨지 않았다. 밴드 연습을 해보니 역시 소리는 충분하고도 남음이 있을 정도로 좋았지만 시간이 지날수록 기분은 차분해질 뿐이었다. 나는 계속 그 디자인이 마음에 걸렸다. 신나거나 흥분되지 않았던 이유도 그 매끈하고 현대적인 느낌의 디자인 때문이었다. 예전의 깁슨 레스폴 커스텀의 경우가 떠올랐다.

기타는 소리도 중요하지만 디자인에 대한 개인적 취향이 소리만큼이나 중요하다는 것을 다시 한 번 깨달았다. 대부분의 기타는 내 눈에 멋지고 섹시하고 아름답다. 나의 눈에 기타는 그런 것이다. 의심할 여지없이 원래 아름다운 것. 아름답지 않은 기타를 떠올려보려 해도 잘 떠오르지 않는다*. 그러나 어떤 기타를 들고 연주할 것인가는 그냥 보기에 아름다운 것과는 좀 다르다. 기타리스트에게 기타는 옷보다 더 중요한 의상이다. 〈러브 액츄얼리〉에 나오는 왕년의 록 스타가 TV에 나와서 연주할 때에도 전라

---

* 아, 하나 있긴 하다. 헤드가 없는 형태의 기타인데 그것만큼은 내 눈에 전혀 아름답지 않다.

상태로 기타 하나만 들고 연주하지 않았나.

　나는 좀 더 시간을 두고 보기로 했다. 이 기타 소리의 매력에 빠져 점점 더 정을 붙이게 될지 모를 일이기 때문이었다. 나는 이 기타의 디자인에 익숙해지기를 바라면서 약 2주일 후 홍대의 클럽 FF에서 있을 공연을 기다렸다. 공연장에서 내가 이 기타와 뜨겁게 연주할 수 있다면 아무 문제 없는 것이었다.

　공연장에서 처음으로 함께한 탐 앤더슨은 역시 앞으로 튀어 나갈 듯한 힘에 나무랄 데 없이 탄탄한 소리를 들려주었다. 공연을 마치고 나서는 자주 보던 팬이 내게 바뀐 새 기타 소리가 아주 좋다는 말을 하기도 했다. 그러나 나는 공연에서 연주하는 내내 즐거운 느낌을 받지 못했다. 신난다거나 기쁘다는 느낌이 없었다. 오히려 어색하고 낯설었다. 분명 누군가에게 탐 앤더슨 기타는 무척 고급스럽고 아름다운 기타일 것이다. 그런데 안타깝게도 나에게는 그렇지 못했다. 그 말은 내가 끝내 이 기타의 디자인을 좋아하지 못했다는 의미이기도 했다. 탐 앤더슨은 나와 약 2주일가량만을 같이 보내고 다른 기타리스트에게로 갔다. 내게는 역대로 가장 짧은 시간을 연주한 기타가 되고 말았다.

또다시 다음 기타를 찾아야 했다. 이제 더 이상은 방황하고 싶지 않았다. 이번에는 아예 텔레캐스터로 돌아가기로 정하고 악기 거래 사이트에서 텔레캐스터만을 보기로 했다. 그러나 내가 잃어버린 그 노란 텔레캐스터는 찾아볼 수 없었다.

가장 매력적인 기타

일렉트릭 기타는 어떻게 해서 우리가 알고 있는 지금의 모습을 하게 되었을까. 모든 일렉트릭 기타의 시작은 어쿠스틱 기타에 소리를 모으는 픽업을 장착하는 것에서 비롯되었으므로 초기에 일렉트릭 기타의 디자인은 어쿠스틱 기타의 그것과 큰 차이가 없었다. 그런데 어쿠스틱 기타의 울림통은 그 덕분에 깊고 따뜻한 소리가 나지만 결정적인 단점이 있었으니 바로 하울링이라고 불리는 소음이 자주 발생한다는 점이었다. 공연장에서 가끔 들을 수 있는 삐익 하고 울리는 듣기 싫은 고음이 그것인데 연주와 감상에 크게 방해가 된다. 이 문제는 울림통이 없는 기타, 즉 바디를 꽉 채운 솔리드 기타가 나오면서 상당 부분 해결이 됐다.

울림통이 사라지다 보니 기타 바디의 두께가 전에 비해서 상당히 얇아질 수 있었고 더불어 기타 디자인에서도 훨씬 다양한 시도들을 할 수 있게 되었다. 기타 넥과 바디가 만나는 부분에서 아래쪽 바디를 깊게 파내어 매우 높은 고음의 프렛에서도 연주할 수 있게 만든 기타를 싱글 컷 어웨이(single cut away)라고 하는데, 텔레캐스터나 깁슨 레스폴 같은 기타가 이 방식을 사용하고 있다. 그리고 여기에 더해 펜더 스트라토캐스터는 바디와 넥이 만나는 양쪽 부분을 다 파낸 더블 컷 어웨이(double cut away) 방식을 써서 기타 디자인에 혁신을 가져왔다.

기타 바디의 모양은 기타 디자인에서 가장 중요한 요소다. 날렵하고 컴팩트한 바디를 가지고 있는 텔레캐스터, 텔레캐스터보다는 조금 더 큰 바디에 더블 컷 어웨이가 장착돼 현대 기타의 대표적인 디자인이 된 스트라토캐스터, 컴팩트하면서 둥그스름한 모양의 깁슨 레스폴, 역시 둥그스름하지만 훨씬 더 바디가 크고 울림통이 있어서 중후한 멋을 내는 할로우 바디 형태의 기타, 메탈에서 주로 쓰는 뾰족하고 기하학적인 모양의 바디를 가진 헤비 셰이프(heavy shape) 형태의 기타, 이 외에도 V자형 바디를 가진 기타 등 수십 가지의 바디 형태가 있다.

헤드 역시 기타의 디자인에서 큰 비중을 차지하는데, 두 가지 면에서 중요하다. 하나는 제조 회사의 이름과 기타의 종류가 바로 이 헤드 부분에 새겨진다는 점이다. 즉 'Fender Stratocaster'나 'Gibson Les Paul' 등의 이름을 헤드에서 볼 수 있다. 오리지널과 비슷하게 만들어진 아류를 일반인에게 가장 확실하게 구별시켜주는 부분이 바로 이 헤드에 새겨진 로고이다. 모양은 거의 비슷하게 만들어내도 이름을 함부로 쓸 수는 없으니 기타의 아이덴티티를 직접적으로 드러내고 있다는 점에서 그 비중이 크다고 할 수 있다. 또 하나는 기타 줄감개와 헤드의 모양이다. 기타 줄감개는 펜더나 탐 앤더슨처럼 헤드 위쪽에 나란히 일렬로 있는 경우와 깁슨이나 PRS처럼 헤드 양쪽에 3개씩 나뉘어 있는 경우가 있다. 또 기타 헤드가 아예 없어서 기타 줄을 일자로 잘린 넥의 끝부분에 바로 연결하는 경우도 있다.

이 외에도 픽업의 배열 형태, 즉 싱글 픽업을 몇 개 쓰는지 험버커 픽업을 몇 개 쓰는지 또는 이 둘을 어떻게 섞어 쓰는지도 기타의 디자인에 중요한 영향을 미친다.

이 모든 것들이 종합적으로 어우러져서 하나의 기타의 디자인이 완성되는데, 개인적으로 모양만으로 마음에 드는 기타를 몇 개 꼽아보자면 펜더 텔레캐스터, 펜더 재즈 마스터, 깁슨 세미 할로우 ES-

335, 깁슨 풀 할로우 바디 ES-175를 들 수 있다. 당연한 얘기지만 디자인에 대한 취향은 사람마다 다르기 때문에 어느 디자인이 더 우월하다는 식으로 이야기하기는 힘들다. 그저 내 마음이 강하게 반응하는 기타, 그 기타가 가장 매력적인 기타이다.

빨간 펜더 텔레캐스터,
음악을 하다 보면

틈나는 대로 온라인 사이트를 들락거리던 어느 날 드디어 내 눈을 사로잡는 기타가 매물로 올라왔다. 험버커 픽업이 달렸던 나의 노란 텔레캐스터와는 달리 앞뒤로 싱글 코일 픽업이 하나씩 달린 정통 텔레캐스터였다. 바디는 레드와인 빛깔을 띠고 있었는데 처음 보는 색의 텔레캐스터였다. 피니시의 명칭은 'Midnight wine transparent'. 텔레캐스터인 데다 펜더 중에서도 상위 모델인 커스텀 숍이기에 흥미를 가지고 이 기타를 눈여겨보기 시작했다. 노란 텔레캐스터는 여전히 매물로 나오지 않고 있었다.

일주일 후 그 빨간 텔레캐스터를 찾아보니 아직도 팔리지 않고 있었고 그사이에 가격이 10만 원 정도 떨어져 있었다. 아마 팔고는 싶은데 딱히 사겠다는 사람이 없는 모양이었다. 기타에 대한 설명 글을 읽어보니 이 텔레캐스터는 국내에 같은 색을 한 기타는 단 두 대밖에 없는 희귀 모델이며 6개월쯤 전에 신품으로 국내 모 기타 사이트에서 샀다고 했다. 오래 쓰고 싶었지만 사용해보니 기타 사운드가 자신이 추구하는 것과는 맞지 않아서 판매한다고 쓰여 있었다. 신품으로 사고 6개월 정도 지나서 내놓는 거면 거의 새 기타나 다름없었다. 비싼 돈을 주고 산 기타를 이렇게 짧은 시간에 파는 경우는 자주 있지 않은 일이라 좀 의아한 생각이 들었다.

그렇게 또 며칠이 지나고 다시 사이트에 들어가 보니 전의 가격에서 다시 10만 원이 내려가 있었다. 기타 주인은 어떻게 해서든 기타를 팔고 싶다는 의지를 보이고 있었다. 공연 날은 점점 다가오는데 노란 텔레캐스터는 전혀 나올 기미가 없자 나는 점점 더 이 빨간 텔레캐스터에 시선이 가기 시작했다. 기다리는 김에 딱 며칠만 더 기다려보기로 했다. 그 사이에 노란 텔레캐스터가 여전히 나오지 않고 이 빨간 텔레캐스터도 팔리지 않고 있다면 이 기타가 나와 인연이 있는 것이라 생각하기로 했다.

그렇게 이틀을 더 기다렸는데도 노란 텔레캐스터는 여전히 나오지 않았고 그 빨간 텔레캐스터는 급매라는 제목으로 마지막으로 본 가격에서 20만 원이나 더 내려가 있었다. 처음 내놓은 가격보다 무려 40만 원이 내려간 것이다. 이 정도로 가격을 내리는 것은 거의 없는 일이었다. 우선 펜더 커스텀 숍이면 품질이 보증된 좋은 기타이기 때문에 대체로 비슷한 가격대에서 거래가 된다. 그리고 그 정도의 좋은 기타라면 언젠가는 제값에 사는 사람이 나타나기 마련이다. 파는 사람도 어느 이상 가격을 내렸는데 사는 사람이 없으면 판매를 철회하는 경우가 많다. 말도 안 되는 가격으로 할인해주면서까지 아끼는 기타를 파느니 차라리 안 팔고 가지고 있게 되는 게 기타리스트다. 돈이 급해도 헐값에 팔지는 않는 게 기타리스트의 다 같은 마음인 것이다.

기타가 매물로 나온 지 상당한 시간이 흘렀는데도 판매는 철회되지 않고 가격은 계속해서 떨어지고 있었다. 그 주 토요일에 공연이 있었기 때문에 더이상 기다릴 수 없었다. 나는 빨간 텔레캐스터 주인에게 기타가 문제가 없다면 사고 싶다고 연락을 했다. 그는 고속버스 택배 거래를 하든지 아니면 기타도 테스트할 겸 대전에 있는 자신의 집으로 와도 좋다고 했다. 고가의 기타를 거래하는데 안 보고 살 수는 없었다. 서울에서 출발하면 두 시간 반쯤 걸리겠다고 했더니 기타 주인은 꼭 오라는 문자를 따로 보내기까지 했다. 가격만 흥정하고 갑자기 연락을 끊어버리는 사람이 여럿 있었던 때문인지 이번에는 어떻게 해서든 기타를 꼭 팔고 싶어 하는 게 느껴졌다. 나는 대전으로 출발하면서도 혹시 기타에 무슨 문제가 있어서 그런 건 아닐까 걱정도 되었다. 하지만 테스트해봐서 문제가 있으면 그냥 돌아오면 될 일이었다. 비가 부슬부슬 내리는 화요일 오전이었다.

알려준 주소대로 대전 외곽의 어느 빌라 촌에 도착해 전화를 하니 그가 집으로 들어오라고 했다. 원룸 형태의 집으로 들어간 나는 예상치 못한 광경과 마주했다. 기타 주인으로 보이는 삼십대 남자 옆에 만삭의 임산부가 있었던 것이다. 막연히 자취하는 기타리스트의 집이겠거니 생각했는데, 약간 당황스러운 마음이 들었다. 나는 만삭의 임산부 앞에서 기타를 앰프에 연결해 테스트해보는 게 맞는지 모르겠다는 생각이 들어 어정쩡하게 서 있었다. 기타를 테스트할 동안 임산부가 들어가 있을 다른 공간도 없었다. 그렇다고 테스트도 안 하고 기타를 살 수는 없는 노릇이었다. 남자는 그런 내 생각을 짐작했는지 집에서 기타를 자주 연주하니 걱정 말고 테스트해보라며 직접 케이스에서 기타를 꺼내 앰프에 연결해 내게 건넸다.

기타를 받아 바닥에 앉아 조심스럽게 소리를 내보았다. 주인은 소리를 더 키워도 된다며 편하게 하라고 말했다. 아내분도 괜찮다는 듯 옅은 미소를 보여주었다. 그러나 불편하긴 마찬가지여서 최대한 짧게 테스트해야겠다는 생각뿐이었다. 눈으로 확인한 기타의 상태는 온라인에 올라온 글대로 거의 새 기타라고 봐도 될 정도로 깨끗했다. 직접 본 레드와

인 색은 사진보다 더 진했다. 이렇게 멀쩡한 기타라면 굳이 그렇게까지 가격을 내리지 않아도 되었을 것 같은데 왜 그렇게 급하게 팔려고 하는지 궁금해졌다.

삼십대 중반의 선해 보이는 이 남자는 이제 곧 아기가 태어날 거라 좁은 원룸에서는 더 살 수가 없어서 집을 이사하기로 했다고 말했다. 그런데 이사 갈 집은 이미 계약을 해놨고 이사 날짜는 다가오는데 예상보다 돈이 계속 들어가서 할 수 없이 기타를 급하게 팔게 됐다고 했다. 이 기타를 팔고 다른 기타로 바꾸려고 한다는 말은 사실이 아니었던 것이다. 내가 도착한 시간은 평일 오후 1시가 조금 넘은 시간이었다. 정확히 알 수는 없었지만 남자는 어떤 이유에서인가 그 시간에 일을 못하고 있었던 것이 아닌가 싶었다. 아니면 저녁에 일하거나 임시로 아르바이트를 하는지도 몰랐다. 진품 펜더 커스텀 숍임을 증명하는 보증서 등을 보여주는 그를 보며 마음이 서글퍼졌다. 분명히 아끼고 아낀 돈으로 어렵게 마련했을 것이다. 몇 날 며칠을 하루에도 몇 번씩 기타 사이트에 들어가서 이 빨간 텔레캐스터를 사는 게 맞는지 고민하면서도 즐거운 상상에 사로잡혔을 것이다. 드디어 큰 맘 먹고 신품으로 이 기타를 샀을 때 그가 얼마나 기뻐했을지 눈에 선했다. 국내에 몇 대 없는 색깔의 모델이라 더 기뻤을 것이고 틀림없이 오래도록 아끼고 귀하게 연주하리라 다짐했을 것이었다.

서울로 돌아오는 길 내내 마음이 편치 않았다. 분명 어렵게 얻었을 기타를 내놓고도 금방 팔리지 않아 몇 번이나 가격을 내려야 했을 때의 그의 기분이 짐작이 가서, 그리고 그 기타를 하필 내가 사게 돼서. 왜 그랬는지 모르지만 그에게 금액을 지불하고 기타를 받아서 차에 넣고는 트렁크에 있던 허클베리핀의 5집 앨범을 그에게 건넸다(우리 밴드의 앨범을 준 것이 좀 어색하고 민망했지만). 앞으로 고맙게 잘 쓰겠다는 인사를 정중히 하고 그와 헤어졌다. 왠지 모르게 이미 그 원룸에 들어선 순간부터 나는 이 빨간 텔레캐스터를 사게 되어 있었던 것 같다. 서울로 돌아오는 차 안에서 기타리스트와 기타의 인연에 대해서 곰곰이 생각해보았다.

어쩔 수 없이 견뎌야 하는 것들

서울로 돌아와 다시 기타의 상태를 보니 역시나 신품급으로 깔끔했다. 앰프에 연결해서 들어본 사운드는 생각보다 리어 쪽 픽업에서 고음역대가 핑

장히 셌다. 텔레캐스터가 워낙 중·고음역대에서 특유의 깽깽거리는 소리가 강하긴 하지만 이 기타는 유난해서 거의 쏘는 것 같은 느낌이 들 정도였다. 리어 픽업으로 놓고 연주했을 때 앰프의 트레블* 노브를 0으로 놓고 연주해도 그 쏘는 듯한 날카로운 소리는 사라지지 않았다. 그런데 이와는 대조적으로 프론트 쪽 픽업에서는 부드럽다 못해 굉장히 기름진 느낌의 소리가 났다. 이 부분이 전통적인 텔레캐스터와는 다른 점이었다. 한마디로 빈티지한 느낌이 아니라 현대적으로 개조된 사운드의 텔레캐스터라고 볼 수 있었다. 아마도 대다수의 텔레캐스터 유저들이 좋아하는 빈티지한 사운드의 텔레캐스터와는 달라서 상당 기간 동안 팔리지 않았던 것 같았다.

빨간 텔레캐스터와 직전에 연주했던 탐 앤더슨 중에서 하나를 고르라면 탐 앤더슨의 소리가 더 마음에 들었다. 그러나 역시 어떤 기타를 얼마나 오래 쓰는가에는 기타와의 인연도 작용하기 때문인지 나와 빨간 텔레캐스터는 꽤 오랫동안 함께하게 된다.

---

*   앰프에서 고음역대를 콘트롤하는 노브.
      저음역을 콘트롤하는 노브는 '베이스',
      중음역을 콘트롤하는 노브는 '미들'이라고 부른다.

빨간 텔레캐스터와는 5집 활동이 끝나고 제주로 내려가게 된 이후까지 꽤 길게 인연이 이어졌다. 그러나 빨간 텔레캐스터도 결국 2018년 봄에 내 품을 떠나게 된다. 허클베리핀의 6집 녹음 작업이 예상보다 훨씬 길어지면서 경제적으로 어려움이 생기게 된 것이다. 녹음 기간에는 다른 일을 해서 돈을 벌 수 있는 시간도 안 되고 녹음에 집중하느라 공연도 자제한다. 그래서 결국에 이 기타도 팔아야 하는 상황이 오고 말았다. 비주류 음악을 오래 하다 보면 어쩔 수 없이 견뎌야 할 것들이 있는데 오랫동안 사용하던 기타를 팔아야 하는 일도 그중의 하나다. 어떻게든 넘겨야 하는 급박한 상황이 있는 것이니 어쩌겠는가. 음악을 중단했던 기간을 포함해 약 7년간 나와 함께한 이 기타는 그러나 정작 가장 중요한 정규 앨범 녹음에는 쓰이지도 못하고 나와 헤어지게 됐다. 그래선지 이 기타를 떠올릴 때도 마음이 아릿하다.

사실 빨간 텔레캐스터는 이전에 이미 한 번 판매될 뻔한 위기를 겪었다. 지금까지도 친분을 유지하고 있는 지인분이 내가 기타를 팔려고 한다는 것을 알고서 자신이 그 기타를 사겠다며 대금을 지불하더니 다시 기타를 내게 돌려주었다. 급한 돈을 융통해주면서 기타는 계속해서 칠 수 있게 배려를 해준 것이다. 너무도 감사한 배려 덕에 나는 2018년까지 공연에서 그 빨간 텔레캐스터로 연주할 수 있었다. 그러나 제주에서 돌아와 여섯 번째 정규 앨범을 준비하는 동안에 다시 경제적으로 상황이 안 좋아져서 결국 팔게 된 것이다. 큰 배려를 해준 그 형에게 무척이나 미안한 일이었다.

그렇게 록 공연에 쓸 수 있는 나의 메인 기타는 사라지게 됐다. 제주에 머무는 동안 중고로 산 깁슨 세미 할로우 ES-335가 있긴 했지만 허클베리핀의 공연에서는 자주 사용하기가 힘들었다. 빨간 텔레캐스터를 팔고 난 이후 현재까지 나는 밴드의 멤버이자 기타리스트인 성장규의 기타를 잠시 빌려 쓰고 있다(그는 메인으로 쓰는 다른 기타가 있어서 그의 기타 중 펜더 스트라토캐스터 69 라지헤드 모델을 빌려 사용하고 있다).

깁슨 ES-335,
나는 천천히 회복해가고 있었다

2014년, 신체적으로도 정신적으로도 매우 지쳐 있던 나는 서울 홍대 근방에서 7년간 운영하던 바 샤를 정리하고 제주 김녕으로 내려가기로 결정했다. 서울 연희동 작업실에 있던 악기와 장비들을 모두 실어 9인승 카니발에 빼곡히 싣고 9월의 햇살을 받으며 아침 일찍 서해안 고속도로를 타고 목포를 향해 출발했다. 목포에 도착한 후 제주행 배를 탈 계획이었다. 운전석을 제외한 모든 좌석은 악기와 장비 그리고 개인 살림살이로 빈틈없이 채워졌다. 그때만 해도 제주에서 4년의 시간을 보내게 될 줄은 몰랐다.

김녕으로

김녕은 제주 해변을 통틀어서 가장 한적하고 비교적 옛 모습을 온전히 유지하고 있는 곳이다. 해변이 개발 제한 구역으로 묶여 있는 덕에 카페나 술집, 음식점 등이 그다지 많지 않다. 1년 중 가장 사람이 많은 여름 휴가철에도 해변 모래사장을 중심으로 살짝 붐비는 정도이다. 그마저도 해가 지고 나면 모두 다른 지역에 있는 숙소로 이동하고 김녕은 다시 조용해진다.

이렇게 평화로운 곳이지만 늘 좋기만 한 것은 물론 아니다. 바람 많기로 유명한 제주에서도 김녕은 손꼽히게 바람이 센 곳이기 때문이다. 예로부터 딸을 김녕에 시집보내고는 친정 부모들이 몇 날 며칠을 슬퍼했다는 말이 있을 정도로 바람이 정말 사납고, 농사짓기가 척박하다.

서울에서 뉴스로 본 제주는 분명 기온이 영하로 내려가는 경우가 별로 없을 정도로 따듯해 보였는데 직접 살아보니 김녕의 겨울은 서울의 겨울보다 훨씬 추웠다. 바람의 영향이다. 같은 기온이라도 바람이 불고 안 불고에 따라 체감온도는 큰 차이가 난다. 언젠가 한번은 내가 운영하는 펜션에서 밖으로 나가기 위해 출입문을 열었다가 강한 바람에 순식간에 몸이 왼쪽으로 2~3미터나 밀려간 적도 있었다. 또 제주의 엄청난 습도도 예상보다 힘든 부분이었다. 보통 사람이 살기에 적당한 습도는 40~60퍼센트 사이인데 제주는 1년의 반 이상이 평균 습도가 70~80퍼센트를 넘는다. 게다가 7월의 평균 상대습도는 무려 95퍼센트나 된다. 이것은 당연히 악기에게도 좋지 않다*.

---

*   악기도 사람처럼 45~55퍼센트, 최대로 잡아도 65퍼센트 정도의 습도를 유지해주는 것이 좋다. 사람이 살기에 좋은 습도가 악기에게도 좋은 것이다. 너무 건조하면 상판이 내려앉거나 크랙이 생길 수 있고, 너무 습하면 상판이

김녕에서 내가 임대한 펜션은 해변에서 가장 가까운 3층짜리 낡은 건물이었는데 특이하게 천장이 상당히 높은 지하실이 있었다. 한 층의 평수가 17평 정도밖에 안 나오는 방 하나, 거실 하나, 화장실 하나의 구조였기 때문에 세 개 층을 다 임대한다고 해도 세 팀의 손님밖에 받을 수 없었다. 그래서 나는 손님을 받을 수 있는 숙소를 확보하기 위해 잠은 잔디밭에 있는 콘테이너에서 자기로 했다.

가로가 9미터나 되는 대형 컨테이너는 지붕 위에 태양열 발전기가 얹혀 있었고, 바람에 날아갈 것을 대비해 양쪽 끝을 두꺼운 쇠줄에 연결해 바닥에 단단히 고정해두었다. 전에는 펜션에 필요한 물건들을 쌓아두는 창고로 쓰였는데 침실과 간단한 연습실을 겸한 창고로 개조했다. 당시 서울에서 가져간 악기들은 빨간 텔레캐스터, 제주로 내려오기 직전에 산 픽업 달린 클래식 기타, 리틀 마틴 기타, 마틴 D-41 어쿠스틱 기타, 길드 베이스, 만돌린, 우쿨렐레 등이었다. 그리고 제주에 온 후 서울 올라간 김에 중고로 구입한 깁슨 ES-335가 있었다.

볼록해지거나 넥이 뒤틀리고 지판이 부풀어 오르는 문제가 생길 수 있다.

컨테이너 안에 이렇게나 악기가 많았지만 정작 한동안은 전혀 기타를 치지 못했다. 새로운 생활에 적응하는 것도 필요했지만 무엇보다 몸과 마음이 피폐해져 있어서 한동안 아무것도 하지 못하고 있었다. 여기에 가족에 대한 미안함과 걱정, 음악을 하지 못하고 있는 것에 대한 고민이 더해져 마음이 늘 어지러웠다. 펜션 일을 마치면 그저 하늘과 바다를 하염없이 바라보곤 했다. 마음이 더 어지러울 때는 차를 몰고 제주 중산간의 길을 마음 가는 대로 다녔다. 제주 중산간 곳곳을 연결해주는 인적 없는 길들은 무척 아름다웠고 나는 해가 져 아무것도 보이지 않을 때까지 길을 헤매고 다녔다. 그렇게 풍광에 의지하는 시간이 쌓여가자 어지럽던 마음도 조금씩 가라앉아갔다. 그리고 제주에 온 지 1년이 지나면서 조금씩 기타를 다시 칠 수 있게 되었다.

몽글몽글하고 풍성하고 따뜻한

도시가 뾰족하고 직선적이고 날카로운 이미지라면 자연은 휘어지거나 완만한 곡선 혹은 원의 세계이다. 펜더의 영롱하고 까랑까랑한 맑은 톤은 내게 어딘가 섬세하지만 불안정하고 위태로운 도시의 삶과 닮아 있는 것처럼 느껴졌다. 반면에 깁슨은 둥글둥글하고 덤덤하고 무던한 느낌이다. 전자가 예민한 젊은 예술가의 이미지라면 후자는 어딘가 묵직하고 우직한 남자의 이미지라고나 할까. 매일 바라보는 풍경이 도시에서 대자연으로 완전히 달라지다 보니 그렇게 확고하기만 했던 내 마음속 기타의 선호에도 변화가 생겼다. 제주에 있는 동안 내가 제일 자주 연주한 기타는 펜더 텔레캐스터가 아니라 깁슨의 세미 할로우 바디 기타인 ES-335였다. 레스폴을 연주하다 중고로 판 이후 20년간 거의 쳐다도 보지 않았던 깁슨 기타였다. 다시는 깁슨 기타를 안 치게 될 줄 알았는데 어느덧 손닿는 곳에 두고 거의 매일 연주를 하고 있었다.

ES-335의 바디는 레스폴보다 더 크고 그만큼 바디의 곡선도 둥그렇다. 속이 꽉 차 있는 솔리드 바디 형태의 레스폴과 다르게 ES-335의 바디는 속이 어느 정도 비어 있어서 울림통의 역할을 해준다. 덕분에 앰프에 연결하지 않았을 때에도 소리가 제법 크게 난다. 일반 솔리드 바디 형태의 일렉트릭 기타에 비해서는 몇 배 크다고 할 정도다. 그리고 앰프에 연결해서 소리를 들어보면 특유의 몽글몽글하고 풍성하고 따뜻한 소리가 참 좋다. 더 나무 느낌이 나고, 더 자연에 있는 듯한 소리다. 텔레캐스터의 소리와 비교해서 들어보면 ES-335는 거의 정반대 성향의 사운드라고 말할 수 있다. ES-335 소리가 그만큼 제주의 공기와 잘 맞는다고 느껴졌다.

매일 보는 것이 바뀌니 듣는 것도 바뀌어서 비트가 강한 도시의 록 음악이나 전자음악은 점점 잘 안 듣게 되었다. 대도시의 클럽에서 바흐의 무반주 첼로가 나오는 것을 상상하면 이상하듯이 제주의 자연에서 강렬한 록 음악 또는 전자음악은 잘 어울리지 않았다. 그리고 어느덧 나의 기타 연주도 전과는 점차 달라지기 시작했다. 그전의 스타일이 대체로 자극적이고 공격적이었다면 제주에 머무는 동안에는 훨씬 편안하고 부드러운 느낌으로 기타를 쓰다듬듯이 연주하게 되었다. 사람들과 떨어져 있는 4년 동안 제주의 광대한 하늘과 바다 그리고 산으로 향하는 수많은 아름답고 조용한 길들을 다니며 그렇게 나는 천천히 몸과 마음을 회복해가고 있었다.

어느 날 오후 컨테이너 안에 앉아 바다를 바라보고 있는데 배 한 척이 한적하게 김녕 앞바다를 넘실넘실 항해하고 있었다. 배는 천천히 수평선을 향해 나아가고 있었고 나는 배의 선수가 물 위에서 오르락내리락 넘실대는 모습을 멍하니 보고 있었다.

한참을 그렇게 보고 있는데 갑자기 바다를 향해 서서히 나아가는 배를 기타로 표현하고 싶다는 생각이 강하게 들었다. 나는 늘 곁에 두는 ES-335를 들고 바다 위 배를 계속 응시하면서 기타를 치기 시작했다. 뭍 가까운 쪽에서 출발해 느릿느릿 바다 위를 항해하다 점점 눈앞에서 멀어지더니 내 상상 속에서 배는 하늘 위로 날아오르고 대기권을 통과해 우주 멀리 항해하기 시작했다. 그 모습을 최대한 기타로 표현한 노래가 허클베리핀 6집에 실린 〈항해〉라는 곡이다. 기타의 가장 저음 줄인 6번 줄과 5번 줄로 연주되는 곡으로 드넓은 세계로 두둥실 떠가는 모습을 표현했다. 그 사운드를 내기엔 깁슨 ES-335가 제격이었다. 그 몽글몽글한 소리가 바다 위를 부드럽게 떠가는 배의 움직임과 닮아 있어서 이 곡을 연주할 때는 나는 오직 ES-335만 쓴다.

제주에서 만든 노래 중에 〈라디오〉라는 곡도 ES-335로만 연주하는 곡이다. 서로 멀리 떨어져 있는 그리운 사람에게 전파를 보내고 상대가 보내는 신호를 라디오 주파수처럼 찾으며 그리워하는 마음을 담았다. 내가 이 곡을 연주할 때 특히 좋아하던 장소는 김녕 펜션의 지하실이었다. 천장이 5미터가 넘을 정도로 높아서 소리들이 마치 동굴에서 울려 퍼지는 것처럼 자연 리버브 효과가 있었다.

지하실에서 진공관 앰프를 연결해 ES-335 기타로 이 곡을 연주하면 마치 내가 커다란 공명 상자 안에 들어 있는 것 같은 기분이 들었다. 그리운 사람들을 떠올리며 〈라디오〉를 연주할 때는 지하실 전체가 커다란 라디오가 된 것 같은 기분이 들기도 했다.

허클베리핀 6집 앨범의 〈오로라〉라는 곡도 김녕 지하실에서 연주할 때의 느낌을 살려 ES-335로 녹음한 곡이다. 원래는 춘천에 있는 상상마당 스튜디오에서 녹음을 했는데 제주에서 느껴지던 그 정서가 충분히 재연되지 않았다. 어떻게 하면 그 소리를 낼 수 있을까 고민하다 떠오른 게 서울 연희동에 있는 밴드 작업실 계단이었다.

허클베리핀의 작업실은 지하 3층에 있어서 1층에서 한참을 걸어 내려가야 한다. 1층에서 누가 걸어 내려오는 소리를 지하 3층 계단에서 들으면 그 울림이 맨 아래까지 시차를 두고 전달되어 온다. 그런데 그 울림이 내 귀에는 음악적으로 들려서 〈오로라〉의 기타 녹음을 그곳에서 다시 하면 좋겠다는 생각이 들었다. 그래서 허클베리핀 멤버들과 함께 기타 앰프와 녹음 장비를 작업실 밖으로 옮겨 계단에 세팅을 하고 전원을 길게 빼서 앰프와 노트북 등을 연결해 계단 통로에서 기타를 연주했다. 마이크는 기타 앰프 앞에 하나 두고 앰프에서 떨어진 위쪽 계단에도 하나 더 설치했다. 그렇게 하면 앰프 가까운 곳에 설치한 마이크에서는 비교적 깨끗한 기타 소리를 잡을 수 있고, 위쪽 계단에 설치한 마이크에서는 앰프에서 나온 소리가 계단을 통과하면서 반사되어 울리는 소리, 흡사 지하 동굴을 통과하는 듯한 소리를 잡을 수 있을 것 같았다. 그렇게 되면 김녕 지하실에서 들었던 그 울림과 비슷하게 나지 않을까 기대했다. 그렇게 ES-335로 연주한 소리를 녹음했다. 나중에 두 개의 마이크 소리를 섞어서 들어보았더니 김녕 지하실에서 들었던 그 울림이랑 꽤 흡사한 느낌이 났다. 몽환적이고 환상적인 그 느낌이 잘 잡혔다. 물론 이 곡 역시 같은 이유로 ES-335로만 연주하고 있다.

"기타, 문제없습니까?"

깁슨 세미 할로우 ES-335에 대해서 조금 더 말하자면, 세미 할로우란 할로우 바디 일렉트릭 기타와 솔리드 바디 기타의 장점을 혼합한 기타이다. 울림통이 어쿠스틱 기타와 거의 흡사한 할로우 바디 기타는 따뜻한 톤과 긴 서스테인*을 가지고 있다. 그러나 단점도 확실히 있는데 앰프와 연결했을 때 '삐-익' 하는 피드백 노이즈가 빈번히 발생한다는 것이다. 울림통이 있는 기타의 단점이다. 이것을 해결한 것이 울림통이 없는 솔리드 바디 기타인 레스폴이다. 그러나 할로우 바디 일렉트릭 기타가 가진 따뜻하고 긴 서스테인의 몽글몽글한 사운드를 솔리드 바디 기타에서는 낼 수가 없으므로 이 두 장점을 섞으려는 시도 끝에 나온 기타가 바로 ES-335다('ES'는 'electric spanish'의 줄임말로 울림통이 있는 일렉트릭 기타라는 뜻이다). 울림통을 얇게 만들고, 울림통 중간에 세로로 길게 나무 막대를 넣은 ES-335는 피드백 노이즈를 최소화하면서도 할로우 바디의 특색은 간직하고 있어서 여러 장르의 음악에 두루 쓰일 수 있었다. 재즈와 블루스는 말할 것도 없고, 피드백 노이즈를 상당히 줄인 덕분에 드라이브**를 걸 수 있어서 웬만한 록 음악도 소화할 수 있었다. 오아시스의 노엘 갤러거가 콘서트에서 자주 연주하는 기타도

---

*   한 번 줄을 피킹했을 때 음이 지속되는 시간.

**   기타에서 앰프로 가는 출력을 왜곡해 거친 소리를 내게 하는 이펙터의 종류.

ES-335이다.

나는 그 울림통 소리 때문에 ES-335 기타를 찾아 중고 악기 거래 사이트를 들락거리게 되었다. ES-335는 상당한 인기를 누리는 기타이고 가지고 있는 사람들도 많아 활발히 중고 거래가 이루어지고 있었다. 그러나 명기로 꼽히는 기타이기 때문에 역시 가격이 문제였다. 내가 가지고 있는 돈은 거래가의 절반 정도밖에 되지 않아서 그저 온라인에 올라온 ES-335를 구경만 하는 상황이 한동안 계속되었다.

나는 날마다 온라인 중고 악기 사이트에 접속해서 새로 올라온 ES-335 기타가 있는지 체크했다. 그날도 평상시와 다름없이 ES-335의 게시 목록을 보고 있는데 "깁슨 335 급매"라는 문구가 눈에 들어왔다. 시세의 거의 절반 가격이었다. 특별히 기타에 문제가 없는 한 나올 수 없는 가격이었다. 해당 글을 클릭해보니 사진 없이 다음과 같은 짧은 글만 있었다. "넥뿌 기타임. 워낙 유명한 기타라 설명은 생략합니다. 사진이 필요하신 분 연락 주시면 문자로 보내드립니다."

나는 그때 '넥뿌'라는 말을 처음 봤다. 그러나 곧 기타의 바디와 헤드를 연결하는 넥 부위가 부러졌다는 뜻임을 금방 알 수 있었다. 그런데 넥이 금이 간 것이 아니라 부러졌다고 한다. 기타의 넥이 두 동강 났다는 것이다. 그런데 어느 부분이 어느 정도로 부러졌는지 그리고 제대로 수리가 되었는지에 대해서는 설명도 없고 사진도 없었다. 사람들이 가장 궁금해할 부분에 대해서 정보가 없는 것이다. 얼마나 상태가 안 좋으면 사진도 없을까 하는 생각이 저절로 들었다. 기타를 치는 사람들은 기타 외부의 작은 상처나 색바램 등은 크게 대수롭게 생각하지 않는다. 하지만 넥이 부러진 것은 당연하게도 기피 1순위이다. 수리가 되었다 하더라도 언젠가는 목재의 변형이 올 것이고 그러면 정확한 피치가 중요한 기타에서는 문제가 생길 것이라 생각해서 아예 거들떠보지도 않는다. 그래서 아무리 깁슨의 ES-335라고 해도 가격이 절반 아래로 떨어지는 것이다. 그런데 가만 생각해보니 딱 내가 가진 돈의 범위에서 가지고 싶었던 ES-335가 '넥뿌' 상태로 있는 것이 아닌가. 더구나 넥이 부러진 기타를 사겠다는 사람은 별로 없을 것 같아서 내가 결심만 하면 예상보다 훨씬 싼 가격에 ES-335를 손에 넣을 수도 있겠다는 생각이 들었다. 하지만 부러진 넥이 문제가 생겨 다시 수리해야 하는 상황이 올지 알 수 없으므로 기타의 상태를 무조건 체크해봐야 했다.

　나는 기타 주인에게 문자를 보내 사진을 보내
줄 수 있겠느냐고 물었다. 상대는 지금 회사에 있으
니 퇴근하고 집에 가서 9시쯤 보내주겠다고 했다. 종
일 궁금해하며 기다리다가 저녁에 받아본 사진에서
ES-335 기타의 헤드와 넥이 만나는 부분에 V자 모
양의 접합 흔적이 보였다. 생각보다 큰 상처는 아니
었지만 나는 솔직하게 물었다. "기타, 문제 없습니
까?" 그쪽이 답했다. "네, 사용하기에 전혀 이상 없
습니다", "오래 사용할 수 있을 정도로 잘 수리되었
나요?", "잘 수리되었고 아무 문제 없습니다."

　나는 그의 말을 믿기로 했다. ES-335를 언제
다시 이렇게 싼 값에 만날지 알 수 없었다. 일단 만
나서 기타를 확인해보기로 했다. 그에게 문자를 보
냈다. "제가 사고 싶습니다. 지금 제주도에 살고 있
는데, 이틀 뒤에 서울행 비행기를 탈 수 있습니다."
잠시 후에 바로 답장이 왔다. "네. 목요일 저녁에 연
락 주세요."

　사진 한 장 없이 올린, 넥이 부러진 기타를 사
겠다고 할 사람은 별로 없을 듯했다. 그러나 나는 이
상하게 마음이 끌렸다. 나는 곧바로 비행기 표를 예
매했다.

이틀 뒤 저녁 9시가 넘어서 김포공항에 도착한 나는 알려준 주소대로 경기도 고촌에 있는 그의 집으로 향했다. 방금 전에 회사에서 퇴근해 들어왔다는 그는 무뚝뚝할 거라는 예상과 달리 서글서글하고 친절한 사람이었다. 태어난 집에서 지금까지 계속 살고 있다는 그의 오래된 방 한쪽 벽에는 놀랍게도 깁슨 풀 할로우 바디 L-5를 비롯해 눈이 휘둥그레질 만한 고가의 기타들이 줄지어 세워져 있었다. 직장인 밴드에서 취미로 기타를 친다는 그가 어떻게 이렇게 고가의 다양한 기타들을 갖게 되었는지 궁금했지만 그를 붙잡고 이것저것 물어보기에는 초면인데다 꽤 늦은 시간이었다. 나는 바로 ES-335를 보여달라고 부탁했다.

넥 부위를 보니 부러진 흔적만 V자 형으로 남아 있을 뿐 사진에서 본 대로 깔끔하게 잘 수리된 듯했다. 정확한 것은 기타 수리점에 가서 확인을 해봐야겠지만 육안으로 봤을 때 큰 이상은 없어 보였다. 기타 소리는 예상보다 울림이 좋았다. 꽤 깊이 있는 긴 울림을 가지고 있는 기타였다. 테스트를 하고 있는 내게 기타 주인도 정말 잘 만들어진 기타라고 거들었다. 피치도 정확하고 데드 스폿도 없어서 바로 쓸 수 있을 정도로 상태가 좋았다. 소리도 훌륭하고 관리도 잘돼 있어서 넥이 부러졌다는 것을 몰랐다면 전혀 문제가 없어 보이는 좋은 기타였다(나중에 시리얼 넘버를 조회해보니 1990년 미국에서 생산된 기타였다). 기타를 정성스럽게 잘 수리해서 문제가 없어 보이는 건 맞는 것 같은데 도대체 어떻게 하다 넥이 부러졌는지 궁금하지 않을 수 없었다.

그는 자신의 기타 중에서 제일 먼저 산 ES-335를 특히 좋아해서 늘 침대 옆에 따로 세워두고 자주 연주했다고 한다. 기타가 부러진 날도 퇴근하고 집에 돌아와 자기 전에 기타를 치고 있었다고 한다. 그러다 잠깐 맥주를 가지러 가기 위해 기타를 침대 옆 책상에 기대어놓고 냉장고에 갔다가 돌아왔는데, 방문을 여는 순간 잘못 세워놓았던지 기타가 쿵 소리를 내며 쓰러졌다고 했다. 너무 놀라 문을 연 채로 기타를 멍하니 바라보다 정신을 차리고 방으로 들어가 확인해보니 넥이 부러져 있었다고 한다.

다음 날 바로 평소 다니던 기타 수리점을 방문해 수리를 맡겼다고 했다. 이후에도 한 번 더 수리를 해서 기타는 기능상 아무 문제 없을 정도로 잘 접합되었지만 상심한 그의 마음은 끝내 회복되지 않아 결국 이렇게 팔게 되었다고 했다. 넥이 부러진 기타를 볼 때마다 미안하고 속상한 마음이 커서 점점 기타를. 안 치게 되었다는 것. 왜 안 그랬겠는가. 애지중지하던 기타가 자기 실수로 눈앞에서 넥이 부러지는 순간을 보았는데.

나는 왠지 이 기타와 무척 오래 지낼 것 같다는 예감이 들었다. 목이 부러진 기타이니 더 애정을 갖고 더 오래 연주해야겠다는 마음이 들었다. 이 기타를 가져온 지 5년이 되어가는 지금, 마음 깊은 곳에서 점점 더 이 기타에게 정을 주고 있음을 느낀다. 마치 사연 많은 유기견을 입양해서 키우는 사람처럼 다시 이 기타가 어디로 팔려가는 모습을 보고 싶지 않아서이기도 하다.

넥뿌 ES-335를 사용해보니 좋은 기타를 아주 저렴하게 살 수 있는 방법으로 어쩌면 넥이 부러진 기타를 알아보는 게 대안일 수 있겠다는 생각이 들었다. 기타에 따라 천차만별이긴 하지만 대략 신품 가격의 절반을 중고 가격으로 본다면 넥뿌 기타는 그 중고 가격의 반 이하에 팔리고 있다. 넥뿌 ES-335를 지금껏 5년 가까이 연주해오고 있지만 넥의 문제는 전혀 없었고 그 이외의 다른 것으로 수리를 받은 적도 없다. 소리도 여전히 좋다.

얼마 전에도 집에서 종종 베이스를 녹음할 기회가 있을 것 같아 서브로 매우 저렴한 베이스를 구비했다. 본격적인 녹음은 작업실에서 더 좋은 장비와 악기로 해야 하겠지만 아이디어 스케치 차원에서 집에서도 베이스를 연주할 일이 있기 때문이다. 온라인 중고 악기 사이트에서 "넥뿌 베이스"로 검색을 해보니 무려 8만 원에 올라온 베이스 기타가 있었다. 집슨 SG 스타일을 카피한 국산 베이스 기타인데 쇼트 바디로 사이즈가 작아서 방에 두고 가볍게 쓰기에 딱 좋았다. 신품의 경우 40만 원 정도 하는 베이스를 8만 원에 사서 지금도 문제없이 요긴하게 잘 쓰고 있다.

넥이 부러진 기타들은 이제 나에게는 없어서는 안 될 가장 소중한 기타들 중 하나가 되었다. 아니, 오히려 보통의 기타와는 다르게 큰 상처가 있기 때문에 훨씬 더 애착이 간다. 올해 초에 있었던 허클베리핀 6집 발매 공연도 ES-335 기타 한 대로 다 마쳤다. ES-335만이 연주할 수 있는 곡들도 많아졌기에 이 넥뿌 기타는 내게 더더욱 없으면 안 되는 기타가 되었다. 아마도 마틴 D-41과 리틀 마틴과 더불어 언제나 내 곁에 함께할 기타가 될 것이다.

마틴 D-41 & 리틀 마틴,
어쿠스틱 라이프

앰프나 이펙터 등을 사용해 적극적으로 소리를 변형시키는 경우가 많은 일렉트릭 기타에 비해 어쿠스틱 기타는 오로지 기타 자체의 소리를 그대로 녹음하고 대체로 공연할 때도 다른 이펙터를 사용해 소리를 바꾸지 않는다. 그래서 어쿠스틱 기타는 무엇보다 기타 자체의 품질이 중요하다.

나는 한때 허클베리핀 외에도 스왈로우라는 이름으로 어쿠스틱하고 정적인 음악을 했다. 어느 날 포크 뮤지션 손병휘 형의 작업실을 방문할 일이 있었다. 형은 자신의 집 옥탑방을 음악 작업실로 만들어놓았는데 계단을 한참 올라 작업실에 들어선 나는 그가 소유한 어쿠스틱 기타들을 보고 놀라지 않을 수 없었다. 맥퍼슨, 깁슨, 테일러, 타카미네, 마틴 등 하나같이 이름만 들어본 하이엔드 기타들이었다. 그때 마침 나는 스왈로우의 세 번째 앨범 녹음을 앞두고 있었다. 어쿠스틱 기타의 비중이 큰 앨범이었지만 녹음에 사용할 만한 어쿠스틱 기타가 마땅히 없어서 어떻게 해야 좋을지 고민하고 있던 차였다. 나는 형에게 혹시 기타를 앨범 녹음에 사용하고 싶은데 잠시 빌려줄 수 있겠느냐고 어렵게 말을 꺼냈다. 고맙게도 형은 흔쾌히 깁슨과 마틴, 두 대의 어쿠스틱 기타를 빌려주었다.

처음에는 두 대의 기타를 번갈아 사용하면서 녹음을 했다. 그러나 녹음이 진행될수록 마틴 기타가 내 앨범에 더 적합한 사운드를 내는 기타라는 걸 알게 되었다. 마이크를 대고 소리를 들었을 때 깁슨은 중저음대가 강하고 소리의 입자가 커서 남성적인 힘이 마틴에 비해 더 강하게 느껴졌다. 상대적으로 마틴은 조금 더 섬세한 느낌을 주었지만 스트럼을 할 때 힘에 있어서 깁슨에 딱히 뒤지지 않으면서도 음역대가 저음부터 고음까지 풍성했다. 핑거링 아르페지오 소리는 둘 다 판단하기 어려울 정도로 뛰어났다. 나는 결국 마틴 D-41로 앨범 녹음을 진행하기로 했다. 마틴의 스트럼 소리가 내가 원하던 시원하고 풍성한 사운드에 가깝게 느껴졌기 때문이다.

그렇게 형에게 빌린 기타로 스왈로우 3집의 어쿠스틱 기타 녹음을 모두 마치게 되었고 나는 앨범에 녹음된 어쿠스틱 사운드에 상당히 만족했다. 이후로 어쿠스틱 기타를 칠 일이 생기면 늘 그 마틴 기타가 생각이 났다. 그러나 이 기타는 마틴을 대표하는 스탠더드 모델에서도 상위 모델이라 신품의 가격이 나로서는 감히 엄두를 내지 못할 정도로 상당히 고가였다(당연히 중고가도 무척 높게 거래되었다).

그러던 어느 날 기타 관련 일로 낙원상가를 갔다가 갑자기 마틴 기타를 구경하고 싶은 생각에 마틴을 전문으로 취급하는 숍으로 갔다. 스왈로우 3집 녹음 이후로 마틴 기타에 관심이 많아져 그저 한번 가볍게 둘러볼 생각이었다. 그런데 맨 앞 진열대에 "For sale"이라는 태그와 함께 마틴 기타 한 대가 중고 매물로 나와 있었다. 어떤 기타이기에 가게 맨 앞 진열대에 혼자 나와 있을까.

숍 안으로 들어가자마자 직원에게 물었다. 직원은 전시되어 있는 기타는 마틴 D-41 모델이고 브리지 아랫부분에 크랙이 생겨서 수리를 했다고 설명해주었다. 소리에는 아무 지장이 없다는 설명과 함께. 기타는 내가 병휘 형에게서 빌려서 녹음했던 것과 같은 모델이었다. 직원에게서 허락을 받고 기타를 좀 더 자세히 살펴보았다. 역시나 설명대로 브리지 부분에서 상판 아래쪽으로 4센티미터 정도 직선으로 갈라진 부분에 수리를 받은 흔적이 있었다. 기타를 연주해보니 소리에는 전혀 영향이 없어 내가 알던 마틴 D-41의 소리를 내주고 있었다. 기타 주인은 ES-335의 경우처럼 기타에게서 마음이 떠난 모양이었다. 이 기타를 가질 수 있으면 얼마나 좋을까. 종종 단출한 구성의 어쿠스틱 공연 섭외도 있기에 쓸 만한 어쿠스틱 기타가 필요했지만 그때까지 내게는 이렇다 할 어쿠스틱 기타가 없었다.

사장님에게 가격이 얼마인지 물어보았다. 사장님은 숍 소유의 물건이 아닌, 고객으로부터 위탁받아 판매하는 기타라 정확한 가격을 알려면 주인에게 물어봐야 한다고 했다. 내가 가격을 정확히 알고 싶다고 하니 그가 내 앞에서 기타 주인에게 바로 전화를 걸었다. 잠시 후 상대가 전화를 받았는지 사장님은 기타 수리 상태를 얘기하면서 가격을 다시 물어보았다. 그런데 전화 받는 상대방을 "병휘 씨"라고 부르는 게 아닌가. 마틴 D-41을 가지고 있는 사람 중에 병휘라는 이름을 쓰는 사람이 몇이나 될까. 나는 사장님에게 혹시 통화하는 분이 손병휘 씨가 맞는지 물었다. 그는 계속해서 통화를 하면서 내게 고개를 끄덕여 보였다. 이런 우연이! 반가운 마음에 내가 통화를 대신 할 수 있겠느냐고 했더니 아는 사람이면 직접 통화해보라고 내게 전화기를 넘겨주었다.

수화기를 넘겨받은 나는 형에게 이 마틴 기타가 전에 내가 빌려서 녹음했던 그 기타가 맞는지 물었다. 형은 그렇다고 했다. 그럼 어떻게 이 기타가 여기에 매물로 나와 있느냐고 물었더니, 형은 웃으면서 기타를 내놓게 된 사연을 들려주었다.

내용인즉, 녹음이 끝난 후 나에게서 기타를 돌려받았는데 브리지 아래에 살짝 금이 가 있었다고 했다. 조금 전 내가 확인한 브리지 아래에 세로로 난 크랙이었다. 고가의 아끼던 기타가 흠집이 나서 상당히 속상했지만 나에게 기타 수리비를 받는 것도 내키지 않았다고 한다. 그래서 그냥 자신이 수리를 해서 보관을 했다고. 그런데 크랙이 생기고 난 후부터 역시나 점점 기타에 손이 잘 안 가더니 마음이 멀어졌다고 한다. 결국 팔려고 마음먹고 마틴 기타를 전문으로 취급하는 숍에 위탁 판매를 하게 되었다고 했다. 그런데 팔려고 기타를 맡기고 나서 제일 먼저 연락이 온 사람이 하필 나라는 것이었다.

녹음을 마치고 돌려줄 때까지만 해도 기타에 크랙이 생긴 줄 몰랐기 때문에 그 얘기를 듣고 너무 미안했다. 기타를 쓰러뜨린 기억은 없었기 때문에 혹시 습도 관리를 잘못해서 그런 것은 아닐까 생각이 들었다. 이 마틴 기타의 경우처럼 상판의 브리지 부분에서 크랙이 생겼다는 것은 습도가 10~20퍼센트 정도로 매우 건조한 상태에서 기타가 일정 기간 이상 방치되었다는 것을 의미했다. 당시에는 생각지도 못한 부분이었다. 지금은 작업실 곳곳에 온습도계를 두고 너무 건조하거나 너무 습한 경우에 제습

기와 가습기를 틀어 관리를 해주고 있지만 부끄럽게
도 당시에는 이런 지식이 거의 없었다.

"이미 지난 얘기고. 그나저나 너 그 마틴 기타
에 관심 있니? 내가 보기에 아무래도 그 기타 주인은
내가 아니라 너인 것 같다. 너 그 기타 무척 좋아했
잖아. 팔려던 가격보다 싸게 줄 테니 생각 있으면 가
져가라." 우연하게 벌어진 상황이고 뜻밖의 제안이
었다. 원인이야 어찌 됐건 내가 흠집을 낸 거나 마찬
가지이고 결국 기타는 주인 손을 떠나 이렇게 중고
매물로 나오게 됐다. 그런데 또 하필 내가 가장 먼저
기타를 발견해 연락을 하다니.

기타를 몹시 가지고 싶었지만 당시 그 기타를
한 번에 살 수 있는 형편이 아니었다. 나는 잠시 생
각하다가 형에게 물었다. "형, 가격까지 할인해줘
서 고마운데, 혹시 내가 그 돈을 네 번에 걸쳐서 나
눠 갚으면 안 될까." 무척 민망하고 미안한 말이지
만 그게 최선이었다. 나는 그 기타가 정말 내 어쿠스
틱 기타가 될 수 있기를 그 순간 바랐다. "그래 그렇
게 하자", "형 고마워, 정말 고마워."

그렇게 꿈에 그리던 마틴 D-41은 정말 우연하
게 형의 배려 덕분에 나에게 오게 되었다. 상처 난
그 기타를 가장 애정을 가지고 연주해줄 새 주인이

내가 된 것이다. 이 기타는 이후의 어쿠스틱 사운드가 필요한 모든 허클베리핀의 녹음과 공연에서 나와 함께하고 있다.

기타는 늘 손에 닿는 곳에

제주로 가지고 간 기타 중에는 2009년경에 낙원상가에서 산 리틀 마틴 기타도 있었다. 당시는 홍대 근처에서 한창 바 샤를 운영하던 시기라 작업실이나 집에 있는 시간이 많지 않았다. 순간순간 스치고 지나가는 음악적 아이디어들을 기타로 연결하지 못하니 놓치는 경우가 많았다. 그래서 구입하게 된 기타가 리틀 마틴 기타이다.

리틀 마틴은 마틴의 가장 작은 기타이면서 체구에 비해 비교적 소리가 풍부하고 튠이 잘 틀어지지 않는다는 장점이 있다. 일반적인 마틴 기타의 약 3분의 2 사이즈이지만 직접 연주해보면 보기보다 안정된 소리를 들려준다. 비슷한 형태의 미니 기타들이 사이즈의 특성상 저음역대가 얇고 깊은 소리를 내지 못하는 데 반해 리틀 마틴은 저음역대의 느낌을 제법 잘 살려준다.

리틀 마틴처럼 보통의 기타보다 작은 사이즈의 기타를 흔히 '베이비 기타' 혹은 '미니 기타'라고 부르는데 브랜드마다 다른 이름을 가지고 있다. 마틴 같은 경우는 '드레드넛 주니어'나 '리틀 마틴' 같은 이름으로 불리며 또 다른 유명 통기타 브랜드인 테일러에서는 '빅 베이비'라고 불린다. 회사마다 약간씩의 차이는 있지만 대체로 체구가 작은 여성과 어린이들도 쉽게 안고 칠 수 있을 정도의 크기라고 보면 된다. 보통의 기타는 운전석에서 치려면 넥이 길어 창문 밖으로 넘어가기 때문에 운전석에서 칠 수가 없다. 그런데 베이비 기타는 차 뒷자리에 실어놓고 다니다가 아이디어가 떠오르면 차를 주차하고 운전석에서 대각선 방향으로 기울여 칠 수 있을 정도로 작고 아담하다. 또 기타의 길이가 짧아 비행기를 탈 때 짐칸에 부치지 않고 기내에 실을 수 있다는 것도 장점 중의 하나이다. 나는 여행이나 공연을 갈 때 리틀 마틴의 소프트 케이스에 기타와 함께 간단한 속옷과 양말 그리고 위아래 여분의 옷 한 벌씩을 넣어 다닌다. 조금 더 긴 여행의 경우라도 리틀 마틴에 백 팩 하나만 추가하면 된다*. 한편, 리틀 마틴은 픽

---

* 요즘에는 기내로 반입되는 수화물의 사이즈 제한이 유달리 엄격한 경우도 있는데 이런 경우를 위해 여행에 특화된 이른바 '트래블 기타'들도 많이 나와 있다. 나비의 날개처럼 접어서 보관할 수 있는 기타라든가 넥이 바디에

업도 장착되어 있어서 급할 때는 공연에서도 요긴하게 쓰일 수 있는 장점도 있다.

건강이 조금 회복된 후 나는 김녕 펜션 한쪽에 있던 오두막을 식당으로 개조해 영화감독 창환이와 함께 나시고랭(인도네시아식 볶음밥)이나 쌀국수 등의 음식을 팔았다. 아침에 나와서 장사 준비를 마치면 영업시간 전까지 30분의 짧은 여유 시간이 있었는데, 나는 그 시간에 식당 의자에 앉아 리틀 마틴을 치곤 했다. 주로 그 무렵 만들고 있던 곡을 다듬거나 새로운 기타 리프를 만들었다. 기타가 작아서 연주하다 손님이 오면 간편하게 케이스에 넣어 한쪽으로 치워놓을 수 있고, 식당 한쪽에 둬도 크게 눈에 띄지 않아 좋았다.

6집 앨범에 수록된 〈영롱〉 같은 곡은 식당에서 사람들이 오기 전 짬나는 시간에 틈틈이 다듬어서 완성한 곡이다. 펜션의 객실 청소를 할 때에도 종종 리틀 마틴을 가지고 올라가 청소를 마치고 2층이나

접히는 기타, 아예 울림통이 없이 넥만으로 이루어진 기타도 있다. 소리가 작고 울림이 거의 없어 다른 사람에게 소음 피해를 주지 않고 기타를 즐길 수 있는 장점이 있다(물론 그렇다 보니 기타 치는 맛은 덜할 수 있다).

3층의 베란다에 앉아 바다를 바라보면서 기타를 치며 곡 작업을 하곤 했다. 미니 기타이기에 할 수 있는 일들이었다.

당신이 여성이고 기타를 좋아한다면

미니 기타 이야기가 나온 김에 기타 치는 여성 혹은 여성 기타리스트에 대해 짧게 이야기하고 싶다. 보통 여자들의 경우 리틀 마틴 같은 아담한 사이즈의 기타를 치는 경우도 있지만 내가 경험한 바에 따르면 일반 어쿠스틱 기타나 일렉트릭 기타를 치는 경우도 많다. 나는 1997년 허클베리핀을 만든 이후 지금껏 여성 보컬 겸 기타리스트와 함께 음악을 해오고 있는데, 두 사람 모두 일렉트릭 기타를 연주했다. 그것도 아주 넘치는 에너지로.

흔히 여성이 기타를 친다고 하면 통기타 혹은 클래식 기타를 메고 서정적인 노래를 부르는 것을 연상하지만 나는 그것도 하나의 편견이자 선입견일 뿐이라고 생각한다. 보통의 여자의 경우도 일렉트릭 기타를 치는 데 전혀 문제가 없다. 오히려 어쿠스틱 기타보다 일렉트릭 기타가 훨씬 잡기가 편하고 손도 덜 아프다. 기타 줄이 더 얇기 때문에 장력이 덜 세서 손에 힘도 덜 들어간다. 내가 오랜 시간 직접 같이 연주해온 여성 멤버들을 지켜본 결론이다.

그들은 원래부터 기타를 잘 치지 않았을까 생각할 수도 있겠지만 그렇지 않다. 지금 나와 20년째 밴드 활동을 함께 해오고 있는 이소영은 밴드에 들어오고 나서야 처음으로 기타를 치기 시작했다. 그러나 지금 공연장에 온 팬들이 가장 좋아하는 순간은 보컬 이소영이 기타를 메고 연주할 때이다. 터프하고 에너지 넘치는 곡들을 이소영이 기타를 치면서 노래할 때가 팬들의 함성 소리가 가장 커지는 순간이다. 마이클 잭슨의 월드 투어 때 수많은 경쟁을 물리치고 기타리스트로 선택된 제니퍼 바튼도 여성 기타리스트였으며 2015년 로큰롤 명예의 전당에 헌액된 조앤 제트 역시 기타와 보컬을 함께한 여성 뮤지션이다. 게다가 현재 전 세계에서 가장 뛰어난 기타리스트를 이야기할 때 빠트릴 수 없는 사람이 세인트 빈센트인데, 그도 여성 기타리스트 겸 보컬이다. 그는 내 마음속 여성 기타리스트 1순위이기도 한데 그의 기타 연주는 뛰어날 뿐만 아니라 어디에서도 들어본 적 없는 자신만의 독창적인 스타일을 가지고 있다. 우연히 그의 신비하고 몽환적인 연주 영상을 보고 충격을 받은 적이 있었다. 당연한 말이지만 음악에는 나이도, 국경도, 성별도 없다. 만약 당신이 여성이고 기타를 좋아한다면 그저 자신이 좋아하는 스타일의 음악을 기타로 마음껏 연주하면 된다. 바로 그것이 당신을 더욱 빛나게 만들어줄 것이다.

노란 펜더 텔레캐스터의 귀환

한창 이 책의 원고를 쓰고 있던 얼마 전, 허클베리 핀 멤버인 성장규로부터 문자가 왔다. 홍대 근처 기타 매장에 1978년산 노란 텔레캐스터가 중고 매물로 나와 있다며 사진도 함께 보내왔다. 기타리스트 김대우가 자기에게 이 사진을 보내면서 예전에 기용이 형이 쓰던 기타가 아니냐고 물어봤다는 것이다. 그 기타를 잃어버린 지 10년이 되었는데 아직도 누군가는 노란 텔레캐스터를 보고 나를 떠올리는 것이 고맙고도 마음이 쓰렸다.

　　노란 텔레캐스터의 사진을 보자 심장이 두근두근 뛰기 시작했다. 일단 외견상 내가 쓰던 기타랑 너무 흡사했다. 직접 대우에게 전화를 걸어 기타의 상태가 어떤지 확인해줄 수 있는지 부탁했다. 그는 기타 수리를 전문으로 하는 친구에게 다시 물어보겠다고 했는데 잠시 후에 기타의 상태가 그다지 좋지 않아 보인다며 사면 안 될 것 같다는 의견을 보내왔다. 아쉬워하는 내게 그는 사진 하나를 더 보여줬는데 놀랍게도 1978년산 노란 텔레캐스터가 다른 기타 숍에 한 대 더 매물로 나와 있었다. 사진에서의 그 기타는 연식을 감안하더라도 상당한 사용감이 있었고 한눈에 보기에도 그다지 좋은 상태는 아닌 것 같았다. 기타에 대한 조예가 깊은 대우는 내게 이 두 기타는 사더라도 문제가 될 여지가 많다며 사지 않는 것이 좋겠다고 말했다. 만일 구매를 한다면 크고 작게 수리할 일이 생겨서 비용이 많이 드는 등 지속적으로 문제가 발생할 것 같다는 의견이었다. 무척 오랜만에 그토록 좋아하던 노란 텔레캐스터의 사진을 본 내가 아쉬워하자 대우는 추가로 사진을 하나 더 보내왔다. 일본 도쿄에 있는 기타 숍에 매물로 올라온 1978년산 노란 텔레캐스터였는데, 놀랄 만큼 깔끔하게 관리가 잘되어 있는 것으로 보였다. 기타 사이트의 설명글에도 A급 상태라고 쓰여 있었다. 그는 상태가 이 정도는 되는 기타가 국내에 매물로 나올 때까지 기다리는 게 좋겠다고 말했다.

그러나 그의 말은 이미 내게 들리지 않았다. 내가 모르는 사이에 같은 기타가 종종 매물로 올라왔었겠지만 나는 10년 만에야 보는 아끼던 기타였다. 사진으로만 잠깐 봤는데도 다시 마음이 뜨거워지는 기분이었다. 나도 이런 내 반응에 놀랐다. 이번에는 어떻게 해서든 이 노란 텔레캐스터를 구해야겠다는 생각이 들었다. 그 기타를 잃어버리고 여러 기타들을 만났지만 결국 어느 기타에도 마음을 붙이지 못했기 때문이다.

당연하게도 나는 하루에도 몇 번씩 그 노란 텔

레캐스터의 사진을 보기 위해 일본 악기 사이트에 들어갔다. 빨간 텔레캐스터를 처분한 이후로 록 공연에서 연주할 수 있는 메인 기타가 없어서 기타가 필요한 상황이었다. 장규의 빨간 스트라토캐스토를 빌려서 쓰고 있긴 하지만, 언제까지고 그의 기타를 빌릴 수도 없었다. 나는 작업을 마치고 집에 들어가면서도 그 기타를 생각했고 잠들기 전에도 기타에 쓸 수 있는 가용 금액이 얼마나 되는지 고민했다.

5월 중순 무렵 허클베리핀이 출연하기로 한 그린플러그드 페스티벌이 점점 다가오고 있었다. 오랜만에 서는 무대에 노란 텔레캐스터를 들고 설 수 있으면 좋겠다는 상상을 했다. 마침 공연의 세트 리스트에 과거 노란 텔레캐스터로 연주했던 록킹한 곡들이 여러 곡 포함되어 있었다. 지금 국내에 나와 있는 두 대의 노란 텔레캐스터가 좋지 않은 상태라면 방법은 하나밖에 없었다. 나는 일본으로부터 그 기타를 공연에 맞춰서 전달받는 게 가능한지 알아보기로 했다.

일본어를 잘하는 허클베리핀의 오랜 팬에게 연락해 일본의 기타 숍이 운영하는 홈페이지 쪽에 한국에서 기타를 받을 수 있는지 이메일로 문의하고 답을 받기로 했다. 다음 날 일본의 악기상으로부터 답 메일이 왔다. 일본인이 아닌 외국인이 기타를 사면 세금이 면제되어 기타 가격은 표시된 가격보다 할인된 가격에 구매가 가능하다고 했다. 그러나 택배로 받게 되면 운송비와 추가 관세 등이 들어 총비용은 표시된 금액보다 더 비싸질 것 같다는 내용이었다. 그렇게 되면 내가 살 수 없는 가격이었다. 우편으로 기타를 받는 방법은 포기할 수밖에 없었다. 상황이 이렇게 되자 그 노란 텔레캐스터가 무리해서라도 구입할 만큼 내게 꼭 필요한 것인가 조금 더 고민해보기로 했다.

결국 그린플러그드에서는 장규의 빨간 스트라토캐스터로 연주를 했다. 당분간 기다렸다가 돈이 조금 더 모이면 그때 형편에 맞는 기타를 사면 되지 않을까 하는 생각이 들었다. 사실 꼭 특정한 기타여야만 곡이 연주되는 것은 아니다. 특정한 기타여야만 관객이 감동을 받는 것도 아니다. 선입견을 빼고 들으면 어느 기타나 다 좋을 수 있다. 그러나 아무리 그렇게 생각하려고 해도 나는 그 노란 텔레캐스터가 필요했다.

드디어 그들이 도쿄로

한 달에 한 번씩 홍대 지역의 클럽에서는 밴드를 비롯해 다양한 장르의 뮤지션들의 라이브 공연이 펼쳐지고 있다. 한국의 라이브 클럽 데이 관련 일을 하고 있는 대우는 5월 말에 일본 도쿄에서 열리는 라이브 클럽 데이에 한국 대표로 참가할 예정이었다. 마침 장규도 거기에 동행하기로 되어 있었다. 만일 도쿄 기타 매장에 있는 그 노란 텔레캐스터가 아직도 팔리지 않았다면 장규가 귀국할 때 그 기타를 들고 오면 될 일이었다. 기타를 사러 내가 다음에 도쿄에 간다면 왕복 비행기 값이 더 들어가기 때문에 가격은 지금보다 훨씬 더 나가는 셈이 된다. 아무리 생각해도 장규와 대우가 도쿄에 방문하는 지금이 기타를 구입하기에 가장 적절한 시기였다. 게다가 장규와 대우는 기타리스트인 데다 기타에 대한 지식이 해박하기 때문에 직접 기타를 보고 과연 살 만한 기타인지 아닌지 잘 판단해줄 수 있을 것이었다.

드디어 그들이 도쿄로 출국했다. 그리고 몇 시간 후 장규는 도쿄에 도착해서 기타 매장으로 가고 있다고 문자로 알려주었다. 그 문자에는 대우가 앞장서서 도쿄 시내를 걸어가는 뒷모습이 사진으로 담겨 있었다. 30분쯤 지났을까, 장규로부터 영상이 하나 도착했다. 영상에는 대우가 노란 텔레캐스터를 테스트하고 있는 모습이 담겨 있었다. 브리지 쪽에는 싱글 코일 픽업이, 넥 쪽에는 특유의 와이드 레인지 험버커 픽업이 달려 있는 것이 텔레캐스터 커스텀이 확실했고 내가 전에 쓰던 기타의 색깔보다는 연한 노란 빛을 띠는 내추럴 피니시가 깔끔했다. 그 둘의 의견은 역시 깨끗하게 잘 관리된 기타이며 사운드도 문제없으니 구매해도 좋다는 것이었다.

잠시 후 장규가 펜더 하드케이스를 들고 일본 골목에서 사진을 하나 찍어서 보내왔다. 드디어 구매를 완료한 것이다. 나는 어서 빨리 어떤 기타인지 구체적으로 확인하고 싶었다. 늦어도 닷새 뒤면 기타를 직접 만져볼 수 있을 것이다. 그런데 일행 중에 한국으로 하루이틀 먼저 들어오는 일정의 일본 사람이 있는데 잘하면 그 사람을 통해서 기타를 보낼 수 있을 거라는 연락이 왔다. 야하타라는 이름의 일본 공연 프로모터인데 대우가 혹시 이 기타를 한국으로 가는 길에 가져갈 수 있겠느냐고 물었더니 자신은 짐도 간단해서 기타 하나 정도 가져가는 것은 괜찮다고 했다는 것이다. 그래, 더할 나위 없이 좋다.

그렇게 예상보다 일찍 기타를 만나볼 수 있게 되었다. 인천공항에서 그를 만나 한국의 밴드 신에 대해 이러저런 이야기를 나누다 목적지인 합정에 그를 내려준 후 나는 바로 작업실로 향했다. 어서 빨리 기타를 연주해보고 싶었다.

작업실에 도착해 기타를 꺼내 실제로 보니 과연 40년의 세월이 어디로 갔는지 알 수 없을 정도로 매끈한 상태를 유지하고 있었다. 도대체 어떻게 기타를 치면 이렇게 말끔한 상태를 유지할 수 있단 말인가. 그런데 생각보다 아담한 사이즈라 놀랐다. 기타의 사이즈가 변한 것은 아니었고 한동안 깁슨 ES-335와 펜더 스트라토캐스터를 주로 연주하다 보니 눈이 그 크기에 익숙해진 것이다.

역시 날렵하고 단단한 느낌의 텔레캐스터는 군더더기 없이 쿨한 느낌 그대로였다. 기타를 어깨에 걸치고 지판에 손을 얹어보니 정말로 감회가 새로웠다. 무려 10년 만에 만져보는 펜더 텔레캐스터 커스텀이다.

자, 이제 앰프에 연결해서 소리를 들어볼 차례이다. 우선 프런트 픽업으로 해놓고 세스 러버가 디자인한 험버커 픽업 소리를 들어보았다. 따뜻하고 부드럽고 투명한 소리다. 재즈 음악을 연주해도 좋을 것 같은 소리이다. 이번에는 픽업 스위치를 미들 포지션에 놓고 쳐보았다. 텔레캐스터 커스텀은 깁슨 레스폴처럼 미들 픽업에서 프론트 픽업과 리어 픽업의 볼륨과 트레블의 양을 원하는 만큼 섞어서 톤을 만들 수 있다. 그 점이 여타 텔레캐스터와 다른 이 기타만의 매력이기도 하다. 오묘한 느낌의 미들 톤은 총 네 개의 노브를 어떻게 믹스하느냐에 따라 그 소리가 달라질 것이다. 리어 픽업은 내가 알던 텔레캐스터의 그 싱글 픽업 소리였다. 트왕 트왕 하고 장난치는 듯한 소리들.

10년을 연주하고 잃어버린 후 10년을 헤어져 있다 다시 만나게 된 나의 노란 텔레캐스터. 이제 드디어 나의 메인 기타가 생긴 셈이다. 확실히 기타리스트와 기타는 어떤 인연이 있나 보다. 이 기타를 연주하게 되니 허전하게 남아 있던 마음의 빈 부분이 채워진 느낌이다. 기타리스트는 기타를 마치 사랑하는 연인을 대하듯 한다. 때로는 매우 부드럽고 섬세한 방식으로 어루만지고 때로는 가장 강렬한 방식으로 사랑을 표현한다. 나는 이제 이 텔레캐스터로 그것을 표현해낼 일이 남았을 뿐이다.

왜 누군가는 인생에서 기타를 만나고,
누군가는 끝내 만나지 못하는가

기타가 공부에 방해가 된다고 믿기 때문인지 우리나라에서는 부모가 먼저 자녀에게 기타를 선물해주는 일은 매우 드문 것 같다. 대부분의 사람들은 부모와 크고 작은 갈등을 겪은 후에야 첫 기타를 손에 쥐기 마련이다. 그렇기 때문에 기타를 구매했다는 말은 이미 기타에 상당히 마음을 빼앗겼다는 뜻이다. 그런데 어렵게 기타를 구한 시작 지점은 같은데 누구는 한 달이 못 돼 기타 배우기를 포기하고 누구는 평생에 걸쳐 오랫동안 기타를 치게 된다. 이 차이는 무엇일까. 어떤 일이 생겨야 기타를 가까이 두고 오래 연주할 수 있게 될까. 어떻게 해야 기타를 몸에 밀착시켜놓고 며칠이고 몇 달이고 연습할 수 있을까.

나는 우선 기타 자체의 아름다움에 빠져야 한다고 생각한다. 어떤 악기든 그 악기를 오래 연주해온 사람 중에 그 악기의 디자인을 싫어하는 사람은 상상하기 힘들다. 즉, 악기 자체를 별로 좋아하지 않는데 그 소리만 좋아하는 연주자는 없다고 해도 좋다. 바꿔 말하면 오래 한 악기를 연주한 사람이라면 거의 예외 없이 그 악기의 외형도 좋아한다는 뜻이다. 그 악기 자체가 아름답게 느껴져야 한다. 이 마음을 잊지 않으면 기타든 어떤 악기든 전보다 더 자주 연주할 수 있게 될 것이다. 만일 자신이 구매한 악기가 있는데 아직 그 악기와 충분한 시간을 보내고 있지 않다면 그 악기를 한 번 더 바라보고 악기 자체의 모습을 사랑하는 마음을 한번 환기해보면 좋을 것 같다. 틀림없이 자신이 한때는 그 악기의 디자인에 마음을 빼앗겼다는 사실을 떠올릴 수 있을 것이다. 그러면 다시 시작해볼 수 있다. 다시 악기에 대한 애정이 살아나고 악기를 손에 들고 연주하는 일이 더 자주 생길 것이다.

또 하나는, 타이밍이다. 사람 사이의 일도 타이밍이 중요하듯이, 아무리 좋아하는 악기일지라도 나와 그 악기와 친해지는 데는 적절한 때가 있다. 그 악기를 여전히 좋아하고는 있지만 가까워지는 데에는 실패했다면, 조금 더 기다려야 할 수도 있다.

나의 경우 키보드를 배우고 싶어서 아주 오래전에 건반을 사뒀지만 몇 년째 친해지지 못한 채 건반은 멀뚱히 한 공간만 차지하고 있었다. 여전히 피아노를 좋아하고 있음에도 불구하고 이상하게 친해지지 못하고 있었다. 그런데 이사를 한 후 베란다를 개조해 작은 악기 방으로 만들어 키보드를 가져다놓은 후로 드디어 키보드와 친해지게 되었다. 창밖 풍경을 가장 잘 볼 수 있는 창가 바로 앞에 키보드를 두었더니 수시로 창가에 앉아 키보드를 연주하는 나 자신을 발견하게 된 것이다. 어떤 때는 집에 들어오자마자 베란다로 달려가 키보드부터 치는 날도 있었다. 그러다 급기야 최근에는 기타가 아닌 키보드로 노래를 만들기 시작했다. 어느 날부터 이런 일이 생겨버렸다. 키보드란 것을 산 것이 15년 전의 일이니 15년 만에 드디어 키보드와 가까워진 것이다. 포기하지만 않는다면, 그리고 여전히 그 악기를 좋아하고 있다면, 적절한 때에 반드시 그 악기와 친해질 기회가 있을 것이다. 나는 악기를 두는 장소를 바꾸는 것만으로 그 순간을 만들 수 있었다. 무려 15년 만이지만.

너무 빨리 단념해버리지 말자. 지금 내게 키보드가 그렇듯이, 한 곡이라도 더듬더듬 연주하게 되는 날이 온다면 한 곡이 두 곡이 되고 두 곡이 열 곡이 되는 날이 올 것이기 때문이다.

나를 만든 세계, 내가 만든 세계
'아무튼'은 나에게 기쁨이자 즐거움이 되는,
생각만 해도 좋은 한 가지를 담은 에세이 시리즈입니다.
위고, **제철소**, **코난북스**, 세 출판사가 함께 펴냅니다.

아무튼, 기타

초판 1쇄 2019년 10월 20일
초판 3쇄 2023년 5월 10일

지은이 이기용
펴낸이 이재현, 조소정
편집 조형희, 문버리
디자인 일구공 스튜디오
제작 세걸음

펴낸곳 위고
등록 2012년 10월 29일 제406-2012-000115호
주소 파주시 회동길 290 206-제5호
전화 031-946-9276
팩스 031-946-9277

hugo@hugobooks.co.kr
hugobooks.co.krs

ⓒ이기용, 2019

ISBN 979-11-86602-49-2 02810